如果种子不死

数数杏仁　著

山西出版传媒集团
山西人民出版社

图书在版编目（CIP）数据

如果种子不死 / 数数杏仁著. -- 太原 ： 山西人民
出版社，2025. 5. -- ISBN 978-7-203-13634-7

Ⅰ. I227

中国国家版本馆 CIP 数据核字第 20248ZM475 号

如果种子不死

著　　者：数数杏仁
责任编辑：魏　红
复　　审：翟丽娟
终　　审：梁晋华
装帧设计：北京一书一号书局有限公司

出 版 者：山西出版传媒集团·山西人民出版社
地　　址：太原市建设南路 21 号
邮　　编：030012
发行营销：0351－4922220　4955996　4956039　4922127（传真）
天猫官网：https://sxrmcbs.tmall.com　电话：0351－4922159
E－mail：sxskcb@163.com　发行部
　　　　　sxskcb@126.com　总编室
网　　址：www.sxskcb.com

经 销 者：山西出版传媒集团·山西人民出版社
承 印 厂：北京盛通印刷股份有限公司

开　　本：787mm×1092mm　　1/16
印　　张：23.25
字　　数：300 千字
版　　次：2025 年 4 月　第 1 版
印　　次：2025 年 4 月　第 1 次印刷
书　　号：ISBN 978-7-203-13634-7
定　　价：88.00 元

如有印装质量问题请与本社联系调换

献给露露和懋懋

目　录

第一辑　种子

镰刀割走麦子

岁月割走你的辫子

你割走我的梦

故乡一只鸡

鸡，你为什么没有投胎成
一只凤凰

你只是一只鸡

今天，你将死去
死在我故乡的
一个红色的盆里
我父亲是凶手
我是看客

大年二十七
我小学同学聚会
届时——你会在场
我瞅你除了肥大
毫无自己
吃了你却记不住你
平庸到只有种名，没有己名的
一只"鸡"
一只没有名字的　鸡

对了，你来自哪一家养鸡场
养鸡人喂过你激素吃吗
你此生溜达了多少米
你的童年是否　风平浪静

卖你的人问我

是否许他亲手将你

剖杀，褪毛，剁碎

我没有答应

我答应了，我将无法拥有你的全尸

你也没答应，没有吭声

你如果应允了

你将会引起鸡群大片沉默

从年关集市回来

你在我家，在一根捆绑你的草绳上又多活了一天

我淘气的小侄子踢了你三脚瞅了你一眼

我踢了他一脚瞪了他三眼

人间存在十足的恶意吗

此刻的一只死鬼

赤条条白净，冒着白气

盘卧在一个红色的盆里

如此的风姿，如此生动地死

我跟父亲说

杀了你马上再杀一只公鸡好了

成全你们在一户人家死

在一个锅里炒

在一次聚会上全部吃净

黄泉不寂寞

它是一只公鸡

酷极了，顶头一朵神气的双冠

我父亲没搭腔，洗刀面上的血

"奥斯维辛之后写诗是野蛮的"

今天

你披上死亡

我披上野蛮

你我桌上见

鸡呀，你为什么没有投胎成

一只凤凰

你只是一只鸡

今天，你死了

死在我故乡的

一个红色的盆里

我是看客

我父亲是凶手

你幸亏不是一只凤凰

你存在

虽然平庸，虽然只有种名

没有己名

就叫你一声

鸡——羊年大吉。

植物的身份

柠檬

叶子长椭圆

常绿小乔木

质厚单花生

外粉而里白

果实或椭圆或卵状

两端处尖

炮制饮料和油

果皮黄色

果肉鲜酸极了

柠檬

我悲伤时的一个常客

我的悲伤

是我的常客

声　响

蓝风筝

涂抹在春天里

鞋子里的脚

在麦田之上

气喘吁吁

屋角升起

奶奶的炊烟

爷爷无所事事

也下地

多委屈，少哭泣

我的童年已经是谜

不管岁月如何驰驱

都会将过路的痛苦的声响

收收干净

故乡无I

故乡的炊烟

不袅袅

故乡　炊烟

缭绕

迷眼　促咳　泪流

是会熏呛　是会死人的。

故乡的云

是受诅咒的

久旱偏不逢甘霖

大地在烧烤田块

袅袅的是农人的愁苦

故乡的吃食

别逗了

烟熏火燎，寡淡粗糙

五谷杂粮，瓜果鲜蔬

是异乡人胃的虚荣

一丝一毫掐断好念想

街头香油打回厨屋味就散干净了

故乡的夜

冬天到处干冷

旱厕内，屎尽腔凉透

夏天蚊虫飞咬，苍蝇集结、哄散爬筷子

盯碗沿儿

吸吮汤匙

故乡的草木

不人工，不洒水

日烈则蔫

入冬则枯

虽丽乎自然

花开过却无人赏，败了

草凶猛被除根

死

故乡的畜生

大大小小的困兽

可以放养的

放养时活像囚徒放风

吵嚷、撺骂、抽打

不绝于耳不绝于身

低头吃，撒腿跑，等卖走

等屠刀，等人的节令

故乡的狗

不被宠的

睡狗窝

不洗澡也没拥抱

相比鸡鸭鹅牛羊猪

狗的优越感——来源如下

给吃的时候叫你的名

（主人的恩赐）

骂人的时候捎带着你

（主人的恩赐）

故乡的路

是硌脚的、颠簸的

凹凸生硬

暴雨之后拖泥带水

万千生民泥泞在苍天之下

故乡的人

懿亲戚属

亡多存寡

昵交密友

亦不半在

十年之外

索然已尽

故乡的悲哀是

故乡的年轻人

每晚做梦

要离开

要离开

要离开

离开了

在远方的时候

如果种子不死

什么可耻起来

会　哭

星空坠落
黑暗收容亡魂
故乡不要我

痛苦像一块心爱的饼干
未及融化在舌尖，就
碎了

我曾少年
以风为衣衫
以疼痛为步履
以我与我为伴

妈妈，我认出你的时候
就会哭了

父亲的画像

父亲的砖瓦
是粗糙的驯熟
像他的人
除了生闷气，无不良嗜好
只是沉默

只是熬

父亲的农具
经年锃亮
就是年头久了
也是锃亮的腐蚀
自然的朽坏
镰钝
或者铡刀不要咬合
麦子青青忽又黄

父亲的脚步
是粘裹泥土的河水
流过我的童年
痛打的胎记
凌厉的筷子教我
少年不敢饥饿

父亲的年头
都是儿子的回音
叫一声，立刻答应
却跪在除夕的草上
收割一生的骨血

我只继承了父亲的沉默

故乡无 II

故乡没有马匹和草原

故乡是荷叶，是鱼群，是万瓦鳞栉

故乡无驰骋

故乡没有山神

故乡是灰头土脸

是烈焰的裸体

是冰冻的牛声

故乡无不敬

故乡没有契约

故乡是一串眼神，是一袋烟

是瓢盆交响，是一声乳名

故乡无出卖

故乡没有辉煌

欲望瘦成一个人的掌纹

爬不出鸡鸣与犬吠

故乡无羞——

不，故乡变了

像暴动的山洪带走了一代人

一代活头

是"再也不回来了"

却又嘟哝"回不去了"

到底是

谁在撒谎

谁在假装

除了漫天漫地的夜风

故乡没有什么

一代人的泥根在异乡都干透了

一　一

一页信一夜干枯了

像小子溺水

思念淹死在纸上

一条路一年瘦长了

像羔羊绝食

草原在爱人的怀里烧光

一个人一生不见了

像心脏打盹

命运截停它铿锵的发条

如此下去

不是办法

祭奠的钟声

唤醒戒严的长空

天 亮

冷空气骤然聚积

大地的边缘

曙光亲吻瓦片

公鸡不打鸣了

衰老的哑巴

枝头露水叫喊

黑夜的牙齿合缝呀

跟熟睡的更夫

道一声早安

五月的早晨

五月的早晨

我在故乡住

昨天，半斤大的老鼠

从南墙根那

蹿出来，一时停在葱的门口

一时停在土豆秧边

好快乐

早上爬起来

我裸着站在院子里，尿

像小时候一样画出各种杰作

苍蝇猛增

夏天的灾难

父亲提着桶在井口，等

我劝父亲："找出纱窗挂上"

好悲伤

三月份的时候

我瞧着无花果都枯干了

我以为只是表皮的缺水

我拿短锯截了，内芯儿也干了

五月的早晨

鲜嫩的枝叶从根部长出来

没死

好童年

归　零

和所有人萍水相逢

站在今天向昨天挥手

明天也会挥手今天

和所有的梦告别

在失眠的夜

我亲眼看见

她触碰门口转身就走

和所有的山川田园抱歉

你的满目疮痍

就是我的身无分文

最后

一条狗都不愿意留下来谈谈

一枚杏仁

所恋即所苦

所苦即所痛

所痛即所爱

在所有时代

爱是甜蜜

是晕眩

也一定是苦

是痛的

像一枚杏仁

在所有舌的味蕾上

是法平等

在潍坊风筝广场站候车

城市

清晨

公交站牌

穿梭的车流

左耳起伏至右耳

驱赶走睡梦之腿

像抹掉嘴角的面包渣

我站在人民路的北边

看见太阳升起来

耀眼，突兀

楼角着火了似的

冬天的城市多了一个太阳

时钟多了一根指针

一切开始喧嚣

仿佛黑夜不曾来过

一个提公文包戴黑色边框眼镜穿臃肿棉衣的中年人

等 77 路公交

76 路公交过去三班了

棉衣中年不耐烦地跺脚、皱眉，抬手瞅表

棉衣中年掏手机

人顿时安静下来

收　获

镰刀割走麦子

岁月割走你的辫子

你割走我的梦

崔　健

后来和后来的人证明
你好像从来不会跟任何人
不打招呼

1986年，北京工体
你一下子跳上时代的舞台
好像什么泉水冒出来

一个时代等来了你
或者，是你闯入
时代的子宫

在光照之日
不打招呼，冒出来

我的自白书

1

命运不出门
（不迟到，也不早退）
人的选择，却像一根爬针

你选择吃什么
就等于选择怎样的吞咽
就等于选择怎样处理自己的肉体与灵魂

选择

写诗

吃相对于已经吃饱肚子的人

来说，很重要

2

人是注定要过完这一生才可以走的

"过完"的目的不是为了苟且也不是为了

荣耀

而是为了在一天早上或晚上——

我们认出了自己

3

诗人望见灯塔时，一定是走过了漫长的瓦砾

诗的根基是废墟，诗人捡起一块块砖头

挂钟，终止了粗鄙而浮泛的罗曼蒂克之舟

盐蒸发着，直指鲜活的日子

鸢城早市

上班族也该醒了

失眠者正在刷牙洗脸　窗户通了一夜的风

早市悠悠

热闹起一条街

时新的瓜果

菜蔬带着泥土和晨露

一个老头盯着鲜牛奶桶，直至见底

包子铺冒着热气

油条静静翻滚、焦黄

市民安静排队，或一旁马扎油桌吃起来

一条狗一根绳一只手牵着

非常老实

非常机灵

人所谓安稳的生活

是把日子交给一条街

一张床

一个人

一个附近

像一条狗给绳索牵着

非常老实

非常实

命 如

命如山者

繁荒不惊

命如水者

屈伸自由

命如火者

一燃一灭

我命如风
志于无形

冬　味

少年不识冬滋味
只穿棉衣
不穿棉裤

而今才识冬滋味
一降温度
足不出户

多少冬夜生炭火
多少炭火照无眠

理　由

为什么我喜欢
爆炒豆芽
豆芽不需要切
可以不要案板

为什么我喜欢
木须黄瓜
黄瓜可以凌空削入油锅
鸡蛋只需磕碰桌沿儿

可以不要案板

为什么我喜欢

蒸米饭

因为我只有米没有面

可以不要案板

为什么我喜欢

吃饼

因为我经常路过那家店

眼瞧着壮硕的老板娘将一张大饼扔在案板上

一刀一刀

两断两断

我可以不要案板

鸽子与少年

小时候

邻家男孩每天喂鸽子

衣衫不羁

眸子清亮

（我沉默，艳羡）

好想变成鸽子

好想变成喂鸽子的人

鸽子从梦中醒来

飞过黑夜

听见鸡鸣

清晨的炊烟像梦中的雾吗

一入梦中就入雾中

正是少年时

东北之夜

黑夜哦，无尽的围堵

只一盏夜灯

在寂寞

是寂静中呼唤你的声响

声响是无言的律歌

律歌一直颤动

起雾了

与夜色伏击

囤积的温柔像一场战斗

冰森森的

木麻不断侵袭我的直觉

又一层无尽的围堵

零下三十六七度

黑夜亮出她的颜色

寂寞色

夜深下来

夜灯困在雾里

我止步凝望

灯的一夜

一 日

下午出门

在净月后街走

不为买什么生活用品

不是去见某一个人

昨天刚下过雨

此刻太阳晦暗，偏西

空气干凉

仿佛立秋

街边一条狗

看它的样子

好个狗东西

和我少年时家养的那条一样

毛发蓬勃，自食其力

非常流浪非常酷

不知道它叫个啥

浇 灌

东风来了

农家破春土

麦子返青

怎奈春旱持久

太阳出来，父亲叫我

"走，浇地去。"

水泵的架设需要稳定的经验

我只会细致地铺平漫长的水龙带

电通了，深井之水闷着往上爬

登时窜至井口的鼓动，默契极了

水龙带内早狂飙奔突

须臾，带口成瀑布

水在麦垄流淌

汩汩，涓涓，秘密

太阳光下闪亮如珠光宝气

麦根饥渴侵吞

春风冷冷徐徐

父亲扛着一把铁锨

远处，近处

打堰，掘土、发愣

水在浇灌

我心在念

星空浇灌黑夜

草木浇灌春天

清霜浇灌游子

露水浇灌思念

欲火浇灌肉体
恐惧浇灌灵魂

苦浇灌爱
爱浇灌空虚

善浇灌恶
故乡浇灌童年

华北平原上的鲁西南
我故乡的六亩多地
上午，中午，过午
黄昏吃过晚饭
父亲决定今晚继续干
月夜清辉下
父亲，一把铁锨，两只拖泥带水的胶靴
活着，是接二连三的习惯

父亲大叫：快到头了
我不知所措，只觉得
脸蛋是凉的
风筝在麦田上
飞

接　近

接近良善

恶念就走远了

接近爱

恨不起来的

接近慈悲

暴戾就蔫衰了

接近美

丑陋洗净自身

接近寒酷

春天出门了

接近光

黑暗顿失

接近故乡

他乡的浮华就都脱落了

接近梦的底部

人生在望

接近孤独

人即醒豁

接近你

我坐立不安地心满意足

我要留住你

也要留住孤独

你和孤独

我一个都不能丢

我

我内心如旷野

起风

落雨

无人需问津

我沉默如大海

狂暴

静谧

魄散又魂飞

烹饪记

冲洗肉渗出的血污

冲洗菜夹带的虫泥

我秣马厉兵

像冲洗少年的志气

火打着了

锅底清静无为

油下锅，热了

"乒铃"要炸开

葱花，椒粒，姜丝

"滋——啦——"

蒜瓣，也一丝不挂

中国烹饪

好戏不在主菜，肉

（猪肉炖粉条，好戏不在猪肉，自然也不在粉条）

——全看配料

虽然吃的时候

吃肉，吃菜

电影中的戏

我从不作主配角论

台词多少

无关紧要

戏好，他沉默

也必吸引我

沉默，也是一句台词

我做菜

会忘了主料

去跟葱花姜丝火热起来

一时手到擒来水到渠成炉火纯青地爱上了

满厨房，我最爱酱油

合格的酱油呈棕红色（也许是讹传）

下锅立刻散溢

色香味于一身

不负众望

人生这台戏（牙酸了）

没有大事（胃口来）

生命所及处

玩笑过去

来，我们吃喝玩乐，跳舞散步（饱了）

于无声处

欢喜悲哀

死去活来

蚂蚁搬家

一只蚂蚁的一生

是怎样的呢

蚂蚁的童年

是否快乐

蚂蚁的穴在千街万巷

会迷路吗

我的童年常见蚂蚁在脚边爬来绕去

我一边欣喜它一边点燃它

放大镜聚焦式的屠杀

多少年以后

一个乞丐吃别人啃剩的包子

一只蚂蚁一下午在乞丐的脚边爬来绕去

也许一个人一双脚掌的附近

就是　一只蚂蚁的　一天

乡下童谣：

"蚂蚁搬家蛇过道，大雨哗哗就来了。"

一个夏日的午后

是我用一只蓝色的瓶盖

扣住了一只黑色的大蚂蚁

突然天空雷声赶来

云雨如若天兵

一群蚂蚁成一纵队伍，搬家

九女镇

1

我像喝醉了一样爱你

我像酒醒了一样恨你

2

人生由一连串的瞬间所囊括

你像雾一样闯入我

瞬间决定我

3

如果你成为我的历史

我不会安排自己的回忆

上你这门课的，因为

我一定逢考必挂

4

太阳落山的时候

我把你举起来

过去的荒唐，不久即见

5

贪心爱你

读书寡思

6

我还没有做好梦中与你相见的准备

我不要睡了

我怕我睡了

我醒了

7

你拿走了我

刀是不见的

我却像一个凶手

站在审判台

8

我作恶多端的目的

就是等你来拥抱

哦，燃烧

今我不见昨我

明我不见今我

想起可以这样，快乐半天

我决心已定

一旦一意孤绝，什么都不认

这样的夏天

这样的一段我虽喜欢

但并不常有的日子

去哪里了

烈日炎炎

大雪纷飞

三天

哦，造物主的活儿都干不完

他们是火苗

我是风向，烧得如何——

还在火苗，还在

烧

悲伤来过，不登门，就着尽了

春　耕

癸巳年初春

从故乡返校

一年过去了

归途中

我看不见一处像样的田园

子夜火车入山海关

此后，一站一站——

黑色土地全面后退，又迎上来

东北的风寒终夜隔着绿铁皮招呼肌肤

天渐渐亮透

看见光了

光耀着雪

看见雪了

漫地的雪

收不住的雪原

看样子是头一天落下的

经过一夜

雪花都已老老实实

我也老老实实硬座了一夜

哦，我的故乡在春耕呀

我的故乡在春耕

童　年

童年的星星

没有数完

成年以后，难受时

又数起来

童年的往事

黯然失色

黯然过

就长大了

一个中年人回忆

他的少年时代竟渴望

回归童年

童年是一笔糊涂账

我清清楚楚

好　像

东　西　南　北

大　小　多　少

天　地　人　和

桌　椅　板　凳

一个字，一遍一遍写，千万遍便不认识，起疑了

好像不是这个字了

好像一遍一遍闪念一个人

好像早就忘了

她的样子就像这样的一个字

来了，我就迟疑

故事太久了

让我觉得像新的一样

生活中偶得一个物件

弃置未用

多久之后拾掇出来

也像新的一样

但是此刻

我又迟疑

好像一切都是假的

好像全是个人的幻象

在灰色的故乡失眠一次

沉默的灰色

是北方的哀荣

澄澈里闪出一只眼睛

农民的泥土

砌成一道道皱纹

运输大地的丰收与荒凉

我的故乡，四季创造

命运却像一把柳叶刀

睡眠如此糟糕

秋收完了

大地一干二净

秋天的大腿

一根根竖立在生我的院子

关入铁丝编织的笼子

秋天我在故乡

不敢直视任何一只牲畜的眼睛

我怕看见人的下场

是夜

老鼠出没

睡眠如此糟糕

扑扑腾腾的饥饿

颤动的灰色

黑暗里闪出许多只眼睛

六条街

人的困境是

——不知道困境在哪儿

彻底无知的人

有福了

福在

自有其通明——

无知的通明

到底是通明

到底是无知

到底不是无知

我在六条街上走

看见眼前，这大不起来的县城

不该大的大起来

周　长

夏日午后

赶苍蝇的人不懂

立冬以后会是等待的漫长

爱如果隔心
就像这隔季

爱的靶场上
没有谁不是剑拔弩张
没有谁是百步穿杨

射吧，却将
爱的周长
遗忘

风　声

寒风吹得线缆叫起来
像粗野的哨子
悠悠的
细细的
像是谁拿了一根鞭子
在抽打

粗枝儿终于断了
一早上街的人
躲在一旁看白色的裂痕
没有断干净的
撕扯着
静垂着
细枝儿没头没脑地摇摆一夜
终于完好在折断的粗枝儿上

大地如此光滑

也有吹成团的枯叶与垃圾

此刻不再动弹

像时间的遗物

天空浑浑噩噩

不见一只飞鸟

好想洗一把脸

风停了，停在哪儿

云散了，散在哪儿

风呀云呀

来了散了

我们应该因不知道什么

而心欢

论谎言

小孩的谎言

是因为惧怕

大人的谎言

太复杂

人类发明谎言

是因为

人类发现谎言

是骗不过什么去的

溺　爱

我不允许自己　曝尸日下
叫爱我的人　看见我

爱，是比赛死亡的
游戏
爱，是什么也没有发生的时候
发生了
然后潜水越来越深
我心口一惊　用掉最后一口气
对她说，"密集的火车记忆。"
然后，这爱汹汹涌涌灌进我的鼻腔、口腔、喉管、心窝、胃，我真的
渴了
像一个熟练工配合
一次——爱的谋杀

我死于一次潜水
葬身海底
谁打捞我
谁就是地狱的魔鬼

香蕉与苹果

你喜欢吃香蕉，或是
还是喜欢吃苹果

小时候

为了证明自己两样都吃过

我常常"选"香蕉

然后大说苹果的味道如何不好

香蕉是什么味道——只字不提

种

你走以后

我愿种下一棵树

树身上刻你的名字

后来

树，参天

往事亭亭如盖

我人呢——

记忆衰颓

垂垂老矣

你的名字却越来越深了

我死后

树也死

谁肯砍来，做

我的棺木

杯 水

杯子有了

杯子是空的

盖子已开

杯子开始有水

满，暖，长流

所来的水都好

所有的水流都好听

你没了

我是空的

一串日子

遍地荒年

布谷鸟

狗叫昨夜

星云缭绕

清晨枝头

一只布谷鸟

黄花满地

明月书笺

勿思远人

不过李清照

没　人

春日迟迟

不免要置身街头

路数多变

游荡着

吞咽唾沫

品丝滑的东风

女子肩挎的香包

香包说

早已技穷了

女人不知道

男人不知道

香包知道

别的，也都

一天天技穷了

及恋人的蜜语

蜜语说

早已庸俗了

女人知道

男人知道

蜜语兀自委屈呐

别的，也都

一天天庸俗了

自然没人懂了

人间此次

摩登而油腻

清　澈

我早起

想象太阳初升也很温柔

我失眠

躲在黑夜的门口

看露水跳上叶子

我早死

去彼岸给此岸发一封信

原来都是梦

梦呢，都是一样的

设　计

如果我来设计

一切原封不动

虽然

希望高不过绝望

但——爱大于恨

如果我来设计

就要

爱大于恨

人的希望果然高不过绝望

梦时与醒来

好像是这样——

梦时没有距离

醒来山长水阔

一匹枣红马式的思维

驰骋丰茂的大脑草原

诚实，热烈

落寞，骄傲

好想取信于人

好像芳草不怕马蹄疾

一个失眠者的自白

梦时

没有距离

醒来

山长水阔

夜　路

我喜走夜路

走快起来，很慢

团团夜景

好像都在等你

烈日会催赶人

夜色都柔冷

一里路一里路的不讨扰

回忆儿时的恐惧
紧抓父亲的衣角

正月夜，在赴济南的大巴上，车内灯并未开，借着闪过路旁的微光，写在《复活》的扉页。

平原暮色

乡村晚晚
日气消退

远处田畦
一排树

树杈乃平原太阳落"山"处

街头的小孩子赤脚追跑
你追我赶，我追你赶
一个累了，忽地停下、站住，笑喘着
定一定　追奔的惊慌
另一个弯腰取笑
冷不丁　又跑起来

牛羊回村了
主人跟在队伍的尾部
像黄昏似的悠闲，不急于把这群牲畜赶回家

人畜仿佛晚餐后老小的散步
孩子呀，不会笑累、玩累
惊跑一只胆小的幼羊，咩咩几声，不娇气

如果天工无旷，能把大半个村子染成金黄
我说的是如果，今天"如果"没来

刚才牛羊都过去了
"嚯，嚯——去，去"
晚霞不耽误明天的暴风骤雨
一只公羊不知在贪婪什么
傻愣愣站着盯望先头的羊群
我嘘声驱撵　一股股草香

小孩子为什么不知疲倦呢——
因为不会在心思上
披挂徒然的事
即兴快乐，就是永恒快乐

黄昏肆无忌惮降落在所有的屋角
我身上的疲倦　瘦多了

乘 K2288 过山海关时杂感

1

火车行过站台
或辉煌如昼　或寂静破败

大大小小

我都蠢蠢欲下

去布施去谋杀

去行乞去占卦

潜入一个陌生的城市

犯下一起惊天大案

然后逃亡

逃亡

躲藏

我变成一个一天到晚紧张的人

我紧张，我才会心跳

2

为什么老实人受难

上苍漠然

像骗局被识破

像电影把镜头调度画外

像梦踩着被子下床了

像睡着的花儿被果实叫醒

但是，我根本想不起来要"责备什么"

我怀疑我压根儿早就"剔除这样一颗心"

我在想一个人

火车刺穿黑夜

仿佛亮晃晃的刀子刺穿鲫鱼

沿途的村庄会疼痛吗

3

思念纵身海水

游荡黑蓝的疆域

朝向迷失游去

我会用一个公式

爱，等于一场自溺

一个人兀自沉溺，兀自黑蓝

你抓不住，也游不开，它吞没你

你很悸动，一塌糊涂，只蹈海底

4

精神闪烁的失眠者

离开座位去车厢交结处

附近乘客都睡去，我像一个贼

我喝口水，一条冰蛇进入我的喉管

心窝、胃、神经末梢、每一寸肌肤

我哆嗦一下

岔路火车颠动，直路就很老实

咯咯扭扭，过岔道口

它像一条巨大的游魂偷走沿途的黑夜

一条亮晃晃的白蟒过去了

是一列动车

是一位绝不手软的屠夫

剖杀了鱼

我开始讨厌火车

没有表情
没有母亲
没有爱

5

临时停了很久，这列车不配前缀一个字母 K
游魂也有牢房
一阵朦胧，要睡过去，车身一哆嗦，走了

我想象火车朝向迷失游去
载着整节整节车厢的人
不知死活地如夜牛
奔行
只等天亮

我是一个规矩的失眠者
我假装一次次上厕所得以窥视众人的
睡姿
睡容
睡梦
哈，同时像一个好奇而木讷的孩子
心中满怀期待，会发现一个和我一样的暗度者

6

一男一女
我不知道
他是她的丈夫还是儿子

或是偕她黉夜上火车私奔的奸夫

在这飞驰的铁身子上

隔壁座的妇人像躺在自家的沙发上

安睡的样子仿佛告诉你她过了更年期般幸福

一个男子从抽烟处回来，俯身为她披上一件外套

我看见外套，才觉察自己

脸部发热，小腿冰凉，全身发麻

自己只睡了不足一个小时

夜路快起来，好慢

这句话谁听了哭泣，我认谁是一个绝对的孤儿

我像一具尸体，等某个陌生人随便处理

我摆着一个极不舒服的姿势，睁着眼睛

听各座传来不同年龄的鼾声

7

K2288

长春开往昆明

从一座春城抵近另一座春城

从一个人的梦走近另一个人的梦

如果到站

将洗尽多少人一身的冬天

然而没有到站

火车像我一样迟到了

摇摆在黑暗里

春天不开放

我也没有醒来

如果种子不死

因为一个人
做思念的奴隶

他 们

好些作家，我读了
都丢一边儿
过客是这样的
必须过来
又必然过去

也有留下来的
是他愿意的
也是我意愿的
他们喜欢我
我喜欢他们
很快成为朋友
可以交谈、痛饮、散步

纪德是第一位
莎士比亚的位置始终在左边
木心靠近炉火
昆德拉白发苍苍从雪地走近窗台
雪芹，陀氏在枕边

悲　喜

剧院观众连夜爆满

票务经理乐得到处转

演员如临大事

昨晚悲剧

今晚喜剧

整夜哭，或笑

我脚底两只酒瓶子

这不是什么桥段

那个从来认为要审慎说爱——

一说爱就是要一生的人

终于踢跑酒瓶子，说

谁给我送一头牛来

我手中有利刃呀

慢慢浮出水

我是一名工于皮肉然深藏心肠的

演员

圣彼得堡的谋杀案

北半球初冬

欲雨则雨，欲雪则雪

最是见不得雨雪交加

像人心郁郁缠绵

只弄得雨不得沛然

雪不得潇洒

老天爷好没面子

人间大片无声，就剩几个路客

低头躬身走街上

冷冷湿湿来不及谩骂

旅馆房内电视新闻

黄底黑字滚动条

一宗谋杀案

方才接过一通误打的电话

另一头的女声频频抱歉

我怀疑她打电话的本来目的

就是去对另一个人道歉的

天气预报说

暴风雪今夜就会来袭

生活从来是

想起昨天，便不再相信今天

阻我这里，与我何涉

却听圣彼得堡的谋杀案

借房东夫人一把黑伞

寻访陀思妥耶夫斯基的 VIP 酒肆

记得应该是到了

居然门口警察警车警戒线

谋杀，现场，记者，镜头，路客

站久了，觉出裤腿溅湿

于是折身离开

灰彤彤的天空大雪压境

我竟自觉是那凶手

白茫茫一片逃之夭夭

大雪天　伞撑满

P 城生活

在 P 城生活的人

一天之内，只求可以顺利地

从上床的地方位移到上班的地方

（一个地方位移到另一个地方）

地铁、公交、徒步、小跑

私家车不论有无都不是好开的

在 P 城生活的人

一天里，一觉醒来只求

老天保佑空气很好

买到新鲜而实惠的菜

孤独是什么呢

孤独是

煮一碗清汤面

卧着的一枚鸡蛋

灵魂失落，我们都是异乡人

结　局

我们坐在一起

谈论死去的人

夜色切碎忧愁

一杯一杯的思念

递给我

饮下去

一会儿像冰

一会儿像火

云在舌尖融化

水流过脚丫

你离去以后

我再也不做梦了

我再也寻不见像你一样的人

远方早就去过

像未来一样看不见

故事的结局已经发生三个

没有一个是疼我的，都叫我疼

黄昏的喇叭花告诉我

失去一种结局真比失去一个人

更痛苦

从此，我做你的姑娘

夜夜为你开放

大清洗

一不留神去天马行空

一把磨光的匕首

赤条条站起来

将"我"劈开，像淘洗衣裤，翻开过来

冲洗冲洗我的肝肠

我的脾胃

我的呼吸和泌尿

我的发根和皮肤

我的脚趾和头颅

我们都在犯错

我们都在受苦

我们都在吞咽

黑与白
——写于玛雅末日之夜

晚在吹寒风

吹响了黑夜

吹冻了水流

我满腹饥饿

像一条瘦狗在黑雪上走

冰碴叽咯

忽然踩进雪里

柔软一下左脚

再一步右脚又尖硬

风灌进鼻腔

风灌进耳梢

风灌进脖颈

灌进裤腿和发丝

风吹散黑夜

黑夜吞没风

一份热饭一路走变成一份冷食

出小餐馆
见一个女孩
和一个男孩
女孩穿白衣
男孩着黑装
他们放孔明灯
孔明灯在冬至变恐惧
迟迟升不起
女孩骂男孩
男孩骂老天
瘦狗就站在一旁

灯罩破了
灯火灭了
他们默默离开
白衣融进雪里
黑装隐入黑夜

末日来吗
此处堆积了
太多未去又未来的日子

让巴黎腐烂吧

——电影《The Lovers on the Bridge》的观影笔记

被遗弃的人

被遗弃的爱

被遗弃的记忆

一座桥

缺损我们

天是白的

云是黑的

我们放枪吧

冲向夜空的焰火

爆破黑暗

巴黎城在腐烂

C 县印象

五月十七日

从 D 市抵 C 县已是傍晚

C 县下起雨，雷声轰鸣、干脆

夜里出旅店寻吃的

雨是停了，闪电时鸣

雷声继而又轰鸣又干脆

一条街油亮亮的

冷清的饭馆干净

素馅水饺一份

劲酒一瓶

五香花生一包

边喝边吃

不推杯换盏

幸福半小时

今天我心里像沉了一块石头

现在石头湿了

像一粒听话的沙

维吉尼亚·伍尔芙的痛

是一场暴雨夜也难以浸透的

人生空欢喜

莫名徒悲伤

离合总无奈

生死叫人哭

光天白日下的一把雨伞，多余

麦 收

干活的人回来了

云霞是太阳的晚餐

干活的人在霞光中

冲脚，洗脸

灰头土脸的人冲洗起来

格外健美

成片成片的麦子不见了
收割过的大地空寂寂的
夏风格外安静
麦粒在夜晚喜悦、哭泣

无数兄弟在光洁的麦场上
互相打量
一粒一粒"古早的人性"
苍天动慈悲
乡民默不作声
干活的人在霞光中
回来了

收了一整天的麦子
终于归来，镰刀拭净
冲澡，杀西瓜，涤发黑的毛巾

如今　干活的人不回来了
千万头收割机悍然发动
数百公里　尘烟滚滚，吞吐
顺风吹赶躲不及的人
幸福地躲
躲丢了一万双旅游鞋

齐整、效率
现代化毫无表情　在烈日下　大声
在晚霞中　也不熄火
一顿抢收，我该叫好吗
因为麦收，我

如果种子不死

保存曾经的土气
敬畏自己的来处

干活的人在我记忆中　走回来了
晚霞依旧丰盛
不至于"四体不勤，五谷不分"
烈日依旧
灰头土脸干活的人

从古至今
渴则饮，饥则食
芸芸声色口腹
什么是食粮
什么是劳作与艰辛
赤膊人
知道

意　外

昨夜收拾旧笔记
好像去见自己小时候
一个人　彼此都害羞

日瓦戈医生

冬天里的姑娘
不要哭泣

大雪封山，封路，封屋

天寒地冻

每一口呼吸　都像在吞咽一把冰刀

一个永恒而愚笨且

善良的问题

"人间天国就要降临吗"

日瓦戈医生

妻子叫冬妮娅

极好的名字

像诗歌的河流　截停在她的岸上

帝国的冬天，革命和杀戮

覆没个人生活和良知

马蹄与枪声

永久沦为

凛冽的寒冬

太阳升起

照见永恒的路

是光的路

一个虚幻的永恒挤掉一个一个

杀戮的瞬间，坠落深渊的瞬间

吃力的个人生命

在受诅咒的白桦林里轮回

孩子会出生

在冬天的末路

一切都会是善良的

给生活让开一条路好吗

历史的轨和人的命

村庄生成长养在此很久了

她梦得的比我们眼见的多

她熟悉邻里的声音

几十年了，火车行在这里

我们却一直听不惯轰隆

像一个外乡人的耳朵

虽然，我们一直生成长养在此

给孩子取名吧，哦

外遇的一把钥匙

是俄罗斯乡下的自由人的梦

昨　夜

今夜又是昨夜

昨夜不是我的夜

是我的——

失眠的梦中的白昼

长长的，没完没了

如无理数梦魇般的纠缠

今夜忽然是昨夜

暖水壶空着

忘了烧水，停电

口渴一天

我毫无知觉的
是死亡的靠近

今夜是今夜
今夜跟任何的夜无涉
继续烧不成水
我躺下，阅读
等待无理数 将我运算

醉　话

春分喝醉了
和衣而睡，大梦
梦境轻妙绵延
犹如连折戏
一条命不过悲喜交集

梦，是喜剧的
梦境，是悲剧的
大梦初醒，我不能寐

于是拧亮台灯
身轻如燕的晚上
是谢却虚幻的负重

谎言往往套一层真皮
醉，就是这皮子
我蜕了这层皮

梦，醉，都是简单的
复杂的是，人的脸

六条狗

上午七时
洒水车一路开过
太阳辉洒
逛早市去
一杯八宝不全的八宝粥
一枚鸡蛋

支早餐摊子的夫妻
摆得早，收得早
轻车熟路地就要走
钱袋子鼓鼓囊囊

鸡蛋剥脱皮壳时
新产的、老产的立刻不一样
零零碎碎　意意思思
慢能生巧地
脱掉

上午七时
多少枚鸡蛋早经此一遭
是这样的车马
上学族早上学

上班族早上班

上路的早上路

晨鸡下架更早

我的早晨 起晚了

人生就已是晚了

二十一世纪已弗早

心里盘旋，街上盘旋

十七、十八世纪的早餐什么样

必不这样

昨我

步履

星夜送人

归，潇洒地吹口哨

吹这年代的流行曲

却再不见，那六条狗

潇洒地追撵我

潇洒地狂吠

给黑夜传开

那夜，确是潇洒的呀

清清楚楚 一声胜似一声

太阳不需要人的礼赞

太阳底下

晒着我

寒冬过午，人立在屋外廊檐下

居然会想——从此长眠

骨头都是暖的

冬日里暖和的地方

人就堕落

我早已束手就擒

光天化日大好

如此不费一金一银

所谓大志，全部松绑

承认吧，太阳就是大志

唯一的志

于是晒着，实现着，堕落着

只要人还在太阳底下

太阳就一定会升上人的头顶

太阳出来

瓦数多大的灯　亮着　都没有意义了

太阳底下无灯光

人一味礼赞太阳，

是因为人从不肯承认光亮。

纽　扣

给一件过冬的外套

钉一颗黑色的扣子

夜幕来临

在街边要一碗馄饨

扣子是凉的，钉妥，热了

馄饨是热的，吃完，凉了

人心

不冷不热不今不古

今天和昨日的一样

明天也将毫无差别

个人印象

1

昨夜一阵春雨

故园泥地上生出草来，今晨

我人在野，豁见春天

喜乐自在人间烟火处

山外荡平原

2

一根绳子叫"世俗"

世俗又像雾

雾中被绑住的人

就是挣脱，也不是一匹马了

一口井叫"欲望"

欲望又像塔

登塔下井

都是皮肉之苦

3

我每次看见坏烂的苹果、梨子、桃

咽一下口水

只觉得太可惜了

我每次看见坏烂的人

冷冷静静

什么都不会觉得

4

老死，夭亡，都足以悲哀痛哭

只是，年纪轻轻（同龄人之间都觉得）的

同龄人的死亡：意外或者病魔

叫同龄人紧张了

那么一下

5

旗帜被晨风绷紧时

旗下立着一把把剑

灵魂叠加的山头

被晚风照耀

带剑升天

6

人生不苦，因为，只有一次

无论再糟糕、再为难、再绝望、再乏味、再琐碎、再荒唐、再折磨、

再难熬的生活，也都会结束的

不急，人生只过一次，且

只一次，就没了

永远没了

重复是苦的，无论重复什么都是一种痛苦，幸亏，人生不会重复

鸟

在痛苦的河岸边散步打湿了鞋子

在快乐的篝火旁呆坐求冷雨袭来

我总是如此

在人群中，我巴望一只鸟飞离，而不是飞来

一个人的时候，森然一身

那只飞离的鸟——又

飞回来了

辛丑杂感

回乡，成为现代人最大的奢侈

天下的人，人人无需离开故土

就可以自由、自在、自为、自足过活，兴旺度日的社会

即是大同，此乃大德

墓志铭上的字

被鸟衔走一个

蓝天，就余出来一片字的空隙

白云朵朵不相干

大雪过后

冬风颗粒无收

一夜之间

春天见

骗，在爱欲里是早已失传的一门艺术

准确来说，不是失传，是失去耐心

骗由衷心"取悦"转向"诈""伪""下注""功绩""算计"的玩弄

不想失落都由不得你了

清静了，把公众号取关至只剩下八个

芙蓉东路十字口

昨晚见街头烧纸的人

今天十月初一

寒衣节

北方尤郑重其事

南方或无感

由纬度而带来的

北方故事

人鬼念未了

人间波司登

地下也需南极人

悼李敖

中国台湾

一个知识分子

他姓李，死掉了

富兰克林说

哪里有自由

哪里就是我的祖国

李敖不认同，纠正道

这里是我的国家

我要使她自由

富兰克林是浪漫人

李敖是硬骨头

自然的透支

天空浅蓝

云舒展

万物多自然

免费的珍贵

透支多少年

改造、消耗、污没她

是对自然皮肉的透支

赞美、恭维、渴望她

是对自然精神的透支

庚子年，北京的雪

北京北京

东城西城

密云海淀

通州大兴

都在下雪

南北中国的雪

趁未立春

赶路的雪

都赶来北京下

仍未下透

天必须晴了

"——人工降晴"

人工拨开

云层中的太阳

说　光辉照耀

就　光辉照耀

击壤而歌声十三支

1

下雪的意思

是洗一洗盖一盖

污浊是色彩的

故此刻人间黑白

冬天是黑白的

像婴儿的眸子

像做梦

人间污浊久矣

2

一个人在另一个人的生命中穿过

像一阵狂沙，或者像水草

水草被拔去

狂沙凝固山丘

人跟人究竟产生多大的关联

才不致毁灭，说不准

3

列车为什么长久停留

因为它正在转换车头

一袋出发的糖果剖净了久别以后的苦涩

秋色下的瓷窑

非常陌生，又非常扎实

冬季来了不需要宣告，早已冷冻好了

4

我望向你

石沉大海

你望向我

如梦初醒

5

我收拾干净　张陈旧破损的桌子

凳子也是一样

我把它变得金光闪闪

只是盖了一层盛鞋子的硬纸盒

它的陈旧破损还可以支撑一个人

像一部金贵的精神可以依托在一具陈旧破损的肉身上

6

每一个人路过故乡

都吹走一截香灰

冰凉的河水

烘干的土

我已经毫无梦境

7

草尖痒过我的小腿肚

树梢留下我的折痕

我没有来路,像一名逃犯

学会,人把人抹除。

8

春天没有伤疤

全部是绽放的生灵

如果春天伤了

一定是人

动了心,要了命

失了珍重

9

黑暗像野草一样滋生、疯长

皂荚树枝儿树叶儿都是密匝匝的

像一个人的心思

10

一天早上我拥抱了自己的愚蠢

一天下来我不冷不热

晚上就下榻在自己的梦里

11

春末如秋末的蚂蚱

春不几天了

春去，一年都活在春天的后果里

夏日如君临，丰茂多端以后

夏天由大风刮走

小麦颗粒无收

秋天立刻肃杀

冬天，就是一场兵变

12

两个人相爱到可以恶语相向

然后紧靠着抱头痛哭

可以不必好言好语

彼此之间都是最朴素最平常的交谈

像夏风吹过麦浪

以及不久之前的槐花开遍

13

人渴望爱

像大地渴望日升

像麦浪渴望镰刀

像春风渴望一粒种子

家庭旅舍

今天晴好，上街去，街头嘈杂，超市变清静

一枚鸡蛋比昨天贵了一毛

我开始吃粗粮，与胃和好如初

邻居大姐又来晒被子了

穿干净的衣衫，宽松的牛仔裤

人可以自由呼吸空气，放松恋一人

没有云朵的日子怎么过活

我们幽怨天空，心怀鬼胎

终是一场徒劳

雨是突然落下的

雨是突然落下的

昨天，水果摊的大爷大娘收摊就早

我步行寻吃的

过红绿灯时，驻足斑马线边界

雨是突然落下的

旁边的男女也突然如临大敌

一路红灯，孩子似的"呀""呀""呀"

我傻子一样完全不反应

灯绿了，我迈步如常，旁边各车道的车如兵一样

由我检阅：别动老兄，小心扣分

雨是突然落下的

庸俗的街灯下

春雨如丝，这不就是杜琪峰的《文雀》么
我缺一把长腿黑伞

水果摊的大爷大娘已经回家两人世界去了
我是怎么知道的：大爷说的
大娘老脸一横，矢口否认：不，还有一只猫嘞
雨是突然落下的

影　子

人的影子比人活得长久
它不是尸骨未寒
不腐朽
它的复活
是不以主人的意志为转移的
冬日的树
影子都形销骨立
好像繁茂是一场梦
像人的一生

在鸢城

鸢城盛产春风
纸鸢，风筝的小名

药铺也多
一条街，数家

入夜散步

药铺一个是一个　明亮，简静

在鸢城

吃食名产是萝卜

就地码齐，篮子冒尖

清清白白的

清甜，脆生

火车站农夫农妇拦路式吆喝着

清晨飘了二十七朵雪花

冬天没了

忙趁东风

四季之死

一年四季，春夏秋冬

她们一次次回来时，我仍蠢蠢欲动

我必须接受季节的诱惑

春天回来了

我活过来

然后死在接下来数十天的春天里

夏天回来了

秋天回来了

冬天回来了

四次活过来

四次死去

不同温度的死亡，不同的埋葬

新嫩的叶，盎然绿，飒然黄，凛然枯，寂然腐败———一叶，只此四季

我在黑夜里割草

——多少人行尸走肉

寻不着灵魂

他顶着一套古灵魂

在寻找对称的肉身

在谷底，他声称

我无故我在

暑气蒸蒸

吊扇转动着，永无宁日

一把椅子上坠落《圣经》

在凉席上被吹动

一页一页

窄门飞临一只苍蝇

那些愚蠢的人

都过上了他们想要的日子

黑夜无可辩驳

也绝不会拖欠黎明一丝一毫

我醒来的时候

床单上缀满了

许许多多的小死尸

天空不知道要亮多少度

才对昨夜验明正身

橡 皮

我不缺笔。大把大把的

跟小时候过年抓糖块不一样

我缺橡皮。很小很小的

跟小时候过年抓糖块一样

这块橡皮好贵

纸因此被敬惜起来

字也长进

人长进否

死了再说

涂改过的人生，虽然都对

只是

不好看了

哭 夜

哭的夜

泪水是明亮的

哭声格外清远

纸包不住火似的

如果引来犬吠互和

闪过一念哭笑不得

警觉畜生徒然来添乱

泪的燃点极低

而且无需氧气

幽咽中着了

火亮、郁痛

幽咽中灭了

光秃、干渴

悲伤是难以扑救的

如野火和星空

他人于世

毫发无损

自己干渴茹苦

一头老羊咀嚼涂毒的叶子

羊羔跪下喝乳汁

哭夜如露水坠隐

脚踩黎明下去

太阳挂在天上

没有人知道过去发生了什么

从来如此，便错么

从来如此，对了——又怎样

广　告

如果你的悲伤大家都知道

大家好像在看一块广告牌

悲伤的意思是

没

乱拳打死老师傅

夏

莎乐美，鸟叫，麦子熟了

烈日无精打采

麦芒是丰收的刺疼

是成熟的遗产

是露水的床头

知了的蛰伏，传染

汗，是急性子，泪，是各种莫名

收割

一亩痛苦

一亩夏风

一亩债

一亩忘川

被　子

寂寞如一床空被子

渴望填满一个女人

我只在梦里遇见春天

梦钻出被子在床单上跳舞

黑夜太不小心

梦顺着赤脚蹬下床的被子摔下去

我屈从黑夜，露水疼痛

在黎明口哭泣

湖畔没有灯影

湖畔没有灯影

只有一弯挂件般的月亮

湖畔缺诗人，不缺酒鬼

酒喝干，夜色斟满

湖畔没有恋爱的人

几株柳偎依，春狂舞，秋后枯干

湖畔没有供人落座的长条椅

只有水之外无边的空地

夏季的晚上，站久了

弯月被蒙在云里　灯影忽亮了

微微，弱弱

诗人未来　浪者已去　柳寂寂

余热散尽

凉气聚

身体当朝圣身体

自我会察觉自我

湖水木然　大地在收拢

也许湖畔不会再有什么了的时候

挂件般的月亮

像暗房冲洗

慢慢，辉映在湖面上

北运河西边的草稿往事

1
后院的蚂蚁

搬家
永远抵达不了
街门口的大马路上
一只大蚂蚁
躲着过路车的轮子
雨下来
它们都会被淋湿

2
天空是想象
尘土是事实

3
天空之上
就是遥远的黑暗
是无法企及的遥远
是无法想象的黑暗

4
渺小必须想象大的虚空
人不可以在无知中自成一体
虚空无法落实
一手拎菜，一手遥望自己

5
命运列车搬运失败
蚂蚁的命运，一根火柴

6

是诗就是它自己，没有名字

只是具体的事物，才会缺钙

7

立秋以后的清晨

穿夏装骑电动车

皮肤爬满鸡皮疙瘩

哆嗦

像冬天一样的振幅

哆哆嗦嗦

8

迎着太阳，装卸灵魂麻袋

人对着太阳背过去

麻袋撒了一地

只有影子永远不碎

9

湿了的头发丝儿

紧贴着额头

脖子后的也如此

没有马赛克

波多野结衣

完美，敬业

10

处暑

洗澡的时候

句子浮现，意象跃然

擦干身体

全忘完

11

刘长乐没见过一只老鼠

我是她固定的主人

12

小偷也孤单

一个人夜黑风高

一个人溜门撬锁

一个人潜逃

只有贼心相伴

13

就在你我重逢的此刻

伟大的乐队正在解散

新鲜的乐队或在录处女专辑

没有伟大的时刻了

14

宇宙犹如一盘棋

一粒星球一粒子

你我都不掌控

你我只是移动

活着，就是自己移动

与你想的人联通

15

少年的诗兴，像紧绷的肌肉

不会喝酒，不会这样的醉

是另一种青春芳醇

自然古老，还会有新物种出生吗

所有的诚恳，都让人静默哭泣

16

每一个人的故乡理应只有一处

我也一样

只不过出身乡野的我，贪心

我天真且自以为是地设想

多少个村庄就有我多少个故乡

牛哞羊咩鸡鸣狗叫

童年的游戏在街头上演

一会儿是母亲略带脾气的叫饭声

17

踏春不归人自醉

空旷野地

不摘口罩

春风多浪费

柳色鹅黄

鸟啁啾

太阳光下

热气骤升

夏追春

18

在昆明的日色里，我看不见风
在昆明的夜色里，我知道什么叫萍水相逢

19

任何声称，"人最好无知"的智者
都是忍够了
不得已
才冒出的一句气话，也是实话
李耳就是生气了
然而不发火
好声好气一句一句——"五千言"

20

退
退隐到黑暗中去
退隐到时间的背部
退隐到季节的底座
都市，是广袤皮肤上小小的红肿块
盐没味了

21

走向河流的源头
走向大海的深处
走向山顶
走向峡谷

人搬运人
人已经好久不顾及神的感受了

22

无辜的布匹

肾上腺素在回忆

23

下速冻水饺的中午

雪白的盘子，洗干净

蒜瓣抱紧自己

顿悟属于下午

上午属于渐悟

24

那时候，人刚醒来

还没有善恶美丑的观念

覆盖人间的只有露水

太阳升起以后

光就照耀一天

25

后来，一些人

平息恐惧，摆脱烦恼，给一些自由

从此

枕戈待旦

束手就擒

26

山的影子

躲过风的吹袭

一千斤沉默

一斤不剩

都卖掉

27

街边的女人

掏出一支口红

取悦男人

拯救唇

染红上帝的指甲

28

观众看戏，掌声、喝彩

痛快哭，放声笑

发狠，起兴

惊愕哑口，缠绵忧惧

文明戏散场了

零星收拾自己的脸部、脚底，发虚的手掌、眼角

衣帽和围巾

出戏院门厅了

无情无义的街头寒气逼人

去吃宵夜，逛夜店，酒店幽会

或者，回家

把鞋子脱掉，洗洗睡

懋　懋

懋懋

八个月大的时候

抱养在轻遇社区

一处青年公寓

上午六时

醒了，就转悠

扑腾来扑腾去

踩我

上午九时

睡觉，在衣柜里

过午醒了

转悠一下

在墙角窗帘底下睡觉

下午六时

在冰箱上睡觉

八时会去沙发底下睡觉

晚上十点多

蹭来蹭去

要玩了

熄灯了

听见它吃粮食

我动手指

它扑过来

我动鼠标

它扑过来

外面一旦有动静

它蹿出来

爬上去

一只黑猫

懋懋和它在冬天结识良久了

一天晚上

窗户开着

纱窗松动

黑猫潜入

老刘睡得沉

我先是听见懋懋的叫声

叫声异常

是尖厉的嘶叫

等我睁眼

一只黑影跳下桌子

穿过窗帘

逃了

我想起几个词

奸夫　坏小子　隔壁老王

也是寂寞　也是爱

命运无数条

人间好多猫

我在都市没有不动资产

如果不换租

除了生病、免疫

懋懋很难走出房间

它在窗口盯着鸟啁啾

它听见车响动就警觉激动

十年里

我不知道

它是希望我多搬几次家

或望我宜静不宜动

远　方

太阳冉冉升起

浑然不知疲惫

手脚弥补心肺

意思再清楚不过了

年轻人是年轻

年轻不知道什么叫远

说不清远方在哪里

说不清的都叫远方

说不清的就接受或拒绝

时间太老了

只有年轻人啃得动

把时间拖出去

一刀一刀切割给小年轻，瞧着

（拖垮了，重铸）

允许妄想一下午

或暗恋三年

允许始乱终弃

或一开始就心灰意冷

远方是歧路
只叫时间却步

论灵感

灵感不上班的

不会挤公交地铁

见面也不打招呼

一下子阔气　一下子又铁公鸡

如此脾气，再灵感的人拿灵感也是没办法的

最好的办法就是束手无策

灵感不等无灵感的人

无灵感的人若等灵感

灵感就会赌气不登门

等灵感就是等待戈多

但是呢——

灵感如此乖觉　如此重要　又好像觉得总会有在等她的人

且终于等到了

灵感是母性的

灵感都是见不得人和难以启齿的

无灵感的人如何是好

又叫灵感如何是好

我的粮仓颗颗粒粒半袋多

1

麦子熟了，秘密和痛苦均不可告人。

鸟在枝头，兽在石上。

2

等待

像粽子一样裹着

人世没有大幽默

来，我告诉你们什么叫等待，时间已定

女人的读者，有限的字句流淌无尽的忧愁

欢喜了路上的云

3

暴雨之夜，我在杯中添加火焰

高兴着，佛陀也只有一次人生

4

把沉重修剪成鸟的羽毛

把歌声顺着记忆截断

一片树叶将一整个季节否定

5

闪耀的时刻，是一种虚幻的熬煮

人生必须配以咳嗽，要不就此健壮

在日常的街头，我们的街头

6

故乡夜色黑咕隆咚，我松了腰带走近墙根，脚下的草湿漉漉的，小院
的冬瓜默不作声，白白的在黑色的叶间，吓我一跳

尿意在星空中，我不是一颗星，我是一个星座

7

走向诗歌开始的时候

表达上"不二"的准确，就是我的美学

一切美学的沉淀物都是个人经验

诗歌是我亡命天涯

的经验

8

我米白色的纸张飘着响起来

像夏夜的晚风吹拂麦田

夜深了，我做了深夜的梦，梦中米白色变金黄金黄的

是密匝匝的麦穗，我每写一笔都是

9

茉莉花茶一般的日子

山外的夕阳捕获了我的心

她醉态一样睡在那里，久不肯离去

我看得口渴，心也饥饿

10

站在云端瞅人间，人间关起窗户

羡慕气流，自由吹过群玉山头和少女的发丝

旷野上的白色烟雾

醒　来

我要醒来

清晨在凝视我

我会醒来

太阳将照耀我

我已醒来

我爱的人在遗忘我

观乐山大佛而感

乐山大佛凿了九十年

芸芸众生一肚子私心杂念

摩肩接踵九十分钟就游完

九十年的三江水

一千二百一十八年的三江水

无数的量

流过去了

善念与慈悲

应该像石头一样朴素

应该像江水一样永恒

应该像三万两千八百五十天

无数无名工匠日日夜夜地凿刻一样日常

而不止于一次旅游观光

一次跪拜

一次侥幸的求告

然而

眼见善男信女带着一身的

妄与欲与我执

跪下、摊手、磕头、嘟哝

凝神的样子又如此老老实实

俨然瞬间脱胎换骨

仍教人感动

我只会冷静地感动

冷静多过感动

步入漫长的夜晚

晚秋是一块色彩斑斓而平整的布

天冷了，挂晒在小区的棉服，不要超过三点半

灶台和菜板的油渍和水渍都要擦干净

猫砂盆沙沙响

水盆和食盆也要时刻充盈

生活很平整，不需要绷紧的车轮

也是一面鼓，秋天的杀马特传染一整条街

另一条街上也在传染

黄块，红块，色彩斑斓。

最漫长的夜，降临吧

我几乎清醒地过来，模糊地做梦

天已放亮，我不清楚自己是否能见光亮

白色冰凉的三件套

清澈的马车在洒水

锅炉房的烟像舞裙风姿绰约

砖头遭窃，泥瓦匠站在街头沉默

陈年旧事敲打我的神经

睡眠哦，我拿什么去填补记忆的漏洞

每一个夜晚都是新鲜的

只是我的肉身衰败

在每一次步入漫长的夜晚

雪　辞

1

立春，初雪。

去岁大雪毗邻落不迭

今岁雪迟

迟得年都过了

才又飘降春节时

好似一位羞嫁的姑娘终于是上了花轿

簌簌落下，以示抱歉嘘寒

春雨活泼、金贵，是男孩本色

春雪，姑娘般美丽

我知道室外在下雪，就竖起耳朵

今年的雪是一场春事呀

烂漫一夜，遍地风流

我爱一场雪，如迎一位故人、忆一烟往事

想起昨年

我寓居一座小城写下的雪句

下雪　好像慢慢爱上一个人

化雪　好像慢慢失去一个人

2

来吧，去雪地里撒野

久违的野

我喜欢见雪下在寂寞的故乡

雪国雪乡雪声雪亮雪绒花

然而，雪

落在善洁，也落在浊恶。

落乱世，也落承平。

雪只要落下

人间就好看一阵子

干干净净的安安静静的

人间需要不断的启示

一场接着一场

雪兀自美

美得像灾难

人间丑依旧

丑得像童话

人间是一场渐悟

3

我已头脑苍白，语无伦次

心思迟钝，什么圈套我都上

我唯看见雪，才领悟

孤独的爱跟着冬天冰冷吧

去吧，去雪地里撒野

雪终于也会化

最冷的日子终于也会来临

雪句成了雪灾

那个儿时站在窗里看窗外人间

大雪纷飞的男孩

已经人情世故得近乎无情无义了

那盆炭火，早也无尸无骨无怨无悔了

4

一场雪接着一场雪

好像喝醉了一样不听话

如果一冬无雪

好像一个人整个童年都从未触碰玩具和游戏

雪是夜深时候，人和畜生都睡死了，才开始飘零的

像贼一样小心翼翼，飘，老天爷猜

没有人会注意，一场雪是从什么时候开始的

我是格外注意一场雪起始的人

大雪洋洒的白夜，你让我变得彻底诚实

我喜欢波澜不惊的积极，浩荡壮阔的消极

这是雪的性格，也是我的

人之情深难及雪

雪只顾难收难管，人只会狼狈不堪

5

下雪了，一晚上要收拾一下午的烂漫
明日晴寒，不接访客不去拜会
收拾旧笔记，告辞寒冬

初　夜

俄国冬至
彼得堡灯火辉煌
列车动了
横亘沿途，沿途无灯火

夜色并不无动于衷
是雪呀，飞舞
轻轻缓缓成扑簌

熟识的段落不期而至
《战争与和平》
是罗斯托夫进入战场的初夜
阴霾的天，因为周围硝烟弥散，居然星辰灿然

窝火的日子里
内心也有阵阵硝烟
却难以厮杀，自我成全。
见上帝我问，地狱在哪儿
在人间就行，请回答如何浪费生命

一个人失眠的幻觉

好像全世界都不兴睡觉了

日月交差的时候

流下泪来

顽　疾

嫉妒说

嫉妒的先知是怎样将心中的嫉妒铲除的

崇拜说

崇拜谦卑的忠实之心始终呈现在伟大之上

狂热说

请远离人群，请离群索居

自以为是的蛮横对抗过第一推动力

沉默说沉默

是默了，却也在沉

人把记忆力磨灭

就再也无法记住什么了，还要继续忘掉记住的

寂静的边地已降临

十六岁纪事

为什么会冷

因为身在

为什么会饿

因为胃在

为什么会爱

因为心在

为什么我在

因为你在

因为你

蓝天浮白云

一朵连一朵

等夕阳烧着

一旦爱烧着了

你的名字就是柴

害羞，残酷，悸动，淫，誓言

昨天就是往事

温柔，慈悲，思恋，哭泣

打磨

要死要活

不说人话

脑袋灌水

激素充盈

油盐，茶饭，吃起来舌头没滋味

心头却香

以上——都是柴的分枝

折断了往火里扔

透支也要烧

因为你

蓝天浮白云

十六岁

领会秘密

等着泄露给一个人

泛爱论

一生的爱

分散给　凡与我交往过的人

一个个　各个

她说，都觉得

她是一个不忠的人

欲望如同一座火山

没有一度的泛爱

是绝不会凝固爱一个的

初夏荷花一朵朵

一亩水塘

一亩风

她的爱欲始终如一

她的肉欲业已零碎

8214 号房间

每岁二月十四日

玫瑰肆意灯酒狂

气氛如期而至

人，巧克力、餐厅、影院、KTV、大酒店小旅馆

双双对对联袂出入，竟夜轮番

一岁一回的丘比特中毒症

糊涂吗，人约黄昏后

欺、瞒、负、念、爱、恨、情、愁

一连串式活该聚散，纠缠

午夜钟声忽起

空气昼夜大撤换

嗔痴诳语 LOVE 宴

一夜极盛一夜衰

人仳离，人顾盼，人沉醉，人悔怨

秋事二则

1

天空蓝

望白云远

羊群青

驯肥温静

河水凉冽

映照青白蓝

田园金色满

"昨夜雨疏风骤"
秋天的厉色爬上树的枝头——
叶落了一地，密麻，层叠，晃眼
天兵天将下人间吗
却是不威严，湿漉漉，脚下踩流年

2

路边一棵树
风吹
雨打
是不同的残酷
风吹，凌乱
是艳绝的舞姿
雨打了
就一败涂地
焦黄的叶子湿软嗒嗒盖满大地
一片一片一片一片
湿叠
好狠的样子
秋天走到冬天，必然要经过一段无动于衷

人一样
秋尽

尺　度

爱是肉体的蒸发
是灵魂的提纯

爱不活在箴言里
活在指尖心头

爱从相信开始
从贪婪结束

以后的日子
爱人要狡猾起来

光天化日下
达成永恒的迷雾

乡村失眠者

诗人黄昏潜入人间
走过看过一些地方
决定不写一句诗
就离开了

乡村的失眠者

只存思念
不存眼泪

我的这一句诗听见那一句诗

在哭泣

众人唤来句号

将这一切结束

我们需要光明一样需要死亡

在黑暗中吃饱了

浑身恐惧

你像一个句子打动我

你的温柔

叫我心惊肉跳

像这夜色弥漫

夜过头

静过头

送你一把枪

当关心一个人的心情

像关心每天的晴雨表时

你应该明白这个人的重要了

你拿把枪

轻轻端起

我把眉心给你

海在等我们去看它

海比人有耐心

如果种子不死

我们先要耐心下来

海在等待我们去看它
它已按捺不住

脚　印

半夜醒来
一声滚雷
外面皆是雨

心里好难受
好好的都走了
爱人，疼物
我好想拼了命地抽掉一根烟

人不能一步一步把曾经的脚印拾起来
涤净，放进另一条路上
连后悔和无悔的时候
都是往前的
人生不可逆

人的生命像万物的影子每日诞生，消退
天全部黑下来
我不知道尘世的远方是否存在
是没有影子的，像间牢狱

我惶惑孤独稀释

渴望黑夜降临吧

太阳因为爱再次升起来

人与自然

自然什么了人，人什么了自然

自然最革命

人类是逆种

逆自然

逆同类

逆故乡

逆我

人类到头来终归是要回乡的

纵然面目全非也是要回乡的

纵然跋山涉水也是要回乡的

人类先前只会趋利避害

趋利而必害

后来是趋利而不得，反被害之

避害不利遂利无踪矣

现代是利害难辨

堂而皇之黑灯瞎火地亦步亦趋向末路也未知

科技是一个有奶的后娘

人与自然

能自生自灭是自然界最快乐的事
幸福都是具体的
所以
拿出具体的心以待

收获 II

爱有各种面目
找一种
你认识的
且认识你的

爱有各种出处
找一处
你看见的
且她看见的

拥抱完了
我们吃饭
吃饭完了
我们回家

通往生活之路的
是一条别无他途
为了爱
种下爱
我已心无旁骛

爱的箴言

1

我的双手

就是

你的手套

爱人，在冰霜结满枯枝的日子里

2

爱从相信开始

恨自宽恕结束

3

如胶似漆的爱是黏稠的

海誓山盟的爱是阔气的

——都是不可靠的

爱是味道，不是口号

爱是日常，不是药

4

我无法阻止我

怀了一颗"恨"你的心而爱上你

爱的理由都是不充分的

但爱是充分的

5

人唯一要拿一生去度量的是爱

6

爱

不怕地狱烈火

不怕怒犯天条

爱在地下十八层

也像在九天云霄

7

爱一个人比嫁 \ 娶一个人

更真实

婚姻是一纸文书，法律程序

爱是一个完成，无法无律，也没有程序

8

爱不需要凭证

你我是彼此的凭证

爱是完成

爽　约

我知道——

沿粗石铺就的小径

穿行树林密集处

寺庙坐落着

鞋底子走薄了

石块逐步细密

圆润发亮

会温柔脚掌

如与你相见的

我的私心

凡人

凡事

凡物

凡与时间交手的

皆被打磨

全部是时间的胎记

天色尚早

约好七时

我自觉走慢些

北纬四十七度

仲春时节

清明怎无雨哦

天公的意思不好妄揣呀

上来的山麓

春光早焕发无遗

山路越来越高

脚边草色才萌动

像二月末

我忽然迟疑

寂静回转

取消约会

山麓繁华坠尽

山中春色蓬勃时

我携遗失的春色

赴春酣的你

约好七时

我自觉走快些

好吗

当我们老了

当我们老了

一个黄昏　像许多个黄昏一样

我们就站在那里

还会有初识的感觉么

西天边际　云蒸霞蔚

一切都在逐岁褪色

年轻　信札　另外的人

日子过去

已是小心的回忆

我们只有哀伤

哀伤里裹存你我去过的地方

当我们老了

一个下午　像许多个下午一样

我们闲坐在房间

还会有新婚的感觉么

居家陈设一如从前

一切都在静默雕刻

旧物　尘灰　琐屑的来往

日子过去

已是定格的影像

我们只有回望

回望里倒放你我切肤的故事

当我们老了

那一条街　像许多次驻足的一样

我们再次相扶蹒跚

还会有回家的感觉么

饭后茶余　恬然小憩

一切都在悠然倾诉

灾福　凶吉　纷纷的风尘

日子过去

已是奢侈的表达

我们只有相信

相信里徜徉你我相濡的挂牵

当我们老了

像两个婴孩似的

赤条条躺在一起

久久不开那未曾封起的话匣子

言语——恍如隔世的

不是初恋絮语的

那般青涩

只听见时间在风中流动

"相爱吧，终有一散的人"

即使我们会老

如果种子不死

不还有一死么
那算散吗

当我们老了

与象为邻

蚂蚁只在大雷雨降临时
只在食物残渣遗落处
只在虚构中
从天而降般
聚集，分工

大象席地而坐
盘踞不去
虚构在它的附近
大雷雨带下来天空中的食物残渣
蚂蚁群聚
是羸弱的扎堆
是领袖与口号的召集

上帝之眼关了禁闭
上帝之腿弯曲

如蚁之民
只需
一根火柴的光亮
就会

尖叫欢呼　声如雷震

耳膜脱落像烟灰一样飞起

痛快也烧着了

熄灭后

一吨的灰

玻璃是黑色的

与世隔绝　杳无声息

一块块，没有缝隙

一块里头是象眼

一块里头是象小腿的七分之一

一块里头爬满了蚂蚁

上帝之眼关了禁闭

上帝之腿弯曲

人睡着了就好办极了

将记忆的荷尔蒙摘除

黎民自会欢爱

大胆火烈　像除夕夜

一场酒水之战

是粮食与肉欲的彷徨

叫唤着

高潮迭起如声浪

大象之眼关了禁闭

大象之腿弯曲

大象不是席地而坐吗

如果种子不死

蚂蚁为什么不也
席地而坐呢
与象为邻

诗人的稿纸

诗人的稿纸
潮湿如雨后秋叶
紧吻大地
火烤起来
化玉帛为干戈罢了
诗意即征伐
在病疫流行的日子
也要下笔

从一个句子
延伸另一个句子
字拴着字
如屋后的竹根
潜伏出没，上瘾

诗句不是孤风
稿纸豁亮脆响
不可过分
不可谦让

稿纸是羸弱的
然　诗句刚健

是晒透的秋风

带走天上的云朵

大地的庄稼

埋下的种子

病疫杂感
——对人类精神的流行病学调查

1

——我们消解全部的幸福

牵连全部的痛苦也跟着

一起陨落

和平鸽是被喂养的

和平不会永久

人的生存

在病疫狂暴时

开始茹毛饮血

刀斧

跟石头

每一条生命之河的下游

自由意志的尾声

时刻创造新的病症

再索取新的救治

病态龙钟

才是不虚的剩余价值

病态蔓延

触手可及

人跟人如此一样

像镜中的自己

在观望

摘除了生活中的异彩

只把一时的涂抹

存档

诗意是病疫的宿敌

2

济慈颂夜莺

海子扑向麦地

自然万物

都被诗人收走

带入他的笔下

一场噩梦

与徒劳

诗人的肉身先于

他的诗句

——得道

此　事关重大

一个幸福的诗人

在呼家楼寓居

一日三餐活着

后院是新翻过的春土

夏天到了

诗句像爬山虎一样

攀延砖墙屋瓦

空调外机已被爬山虎吞噬

一个夏天

不见风扇转动一次

3

词句

图景

意象

极端的个体

庸常的群体

苍白的寂静

耗损的辩驳

形而上不去

形而下不来

行而散之

应如是

诗人一个一个干枯

诗意像流沙　走失

麦子照熟

人照老

钝锈的镰刀在苏醒

在大地上留下刀口
脚印下是盐

七老八十未完成

4

人的精神如此软弱
符合人类精神流行病学调查
在互相传染中度过一生
没有任何免疫
个人意志的自由
是一支虚幻的疫苗

调查结果报告如下
自私

恐惧

狭隘

偏见

歧视

煽情

软弱

盲目

暴戾

残忍

冷漠

麻木

认命

对权力的、媚俗的

复杂的程度

使每一个人

成为不明症状者

人在走向死亡的道路

确立自我

或

垮塌人生

受难记

灾难都很古老

地震，水旱，饥馑之年

兵荒马乱

且比耶稣古老的

是细菌，病毒

像烦恼，像蚂蚁一样多

像空气常生常在

如市井喧嚣

常见烟瘾上来没带火

新的危险虽已度过

余后仍要季节性回流

或有人看破生死

却躲不过春夏秋冬

你看破春天是什么意思呢

一阵风来

还不是照春不误

要恢复么

要恢复的太多了

一根遗忘的灰线

穿

透时光玻璃

破碎的蓝

针孔大小的未来

小心呀，良心的脚掌

划出血

保护儿童

人类受难的血迹

早已凝固成

遗忘的图纸

今后几代人，几十代人

都要踩着过去

纸底是温热软绵的尸骨

是替暗夜

打更的亡魂

在咕嘟嘟咕嘟嘟

生物钟

冬天来了

北方的河流犯困

一夜之间

孩子在其上

履冰

如果种子不死
——致安德烈·纪德

慈悲踮起脚尖

俯瞰大地

大地收获之后

颓垣断壁

如果土壤腐坏

一代凶手

戕害万代

风中的良种呀

东南西北中踟蹰着

赶赴下一季的死亡好了

如果种子不死

如果求万物的种子

不死

那是谁——护存了"土壤的种子"

此刻我愿相信大地之神存在

请钻出来吧，小矮"人"

像先知一样启示

修直复活的路

布大地的道

如果种子不死

如果种子不死
如果切割复活之路的
不是蒲公英
蒲公英的种子说
割破我的皮
去年
土壤孕育我母亲的时候
我在我母腹中
汲取三颗"土粒"在身上
良种一粒越万年
是"土壤的种子"

如果种子不死
土壤也将复活
允我飘落
沾满"坏土"
让我枝繁叶茂
内心长出魔鬼
以壮我肉身
请拒绝收获我——
我甘愿腐烂大地
血尽骨净

蒲公英说完了
风哭泣
云朵之上
是一件褐色的皮壳

如果种子不死

不关我事

剩下的武器都被收缴了

我以我诗蛊惑人心

不关我事

他一生的怯懦都遮掩得完好

他一生行过都是勇毅地完成

不关我事

命运哦，人神共钦

我与你行止与俱

贫乏无计

手刃仇敌

去如黄鹤矣

不关我事

善良之河终归人心之海

湖，一种困惑。

溪水，流呀淌呀，天真忘时节

瀑布，壮哉，不关我事；美哉，不关我事

只念怎样好行过

不想如何是完成

不关我事

荒　地

人之贪婪在噬自然之中

不是汲取她的美貌

而是不允许荒地的存在

处处耕耘

使人惊惧

我见荒地

顿觉希望

不死去

秋过双桥

我在街头

车水马龙

人车两匆匆

秋已暮

寿衣店药铺

鲜果活鱼菜蔬

双桥医院门诊部

胡同零落

大路通

街边拐角树下

路灯照着露天理发厅

一个人

一把椅子

一套家伙什儿

示过路人

善意满目

一个寸头中年人胯下电动车停住

他点亮手机屏幕

公交车上站着的人

一个个也点亮手机屏幕

地铁里换乘人、等车人、坐车人、扶着把手的人

乘坐扶梯的人

是个人　也都一个一个

点亮手机屏幕

我的手机屏幕亮了一下

夜色笼罩

小区鸟叫声

故土与潮流

年轻的人，我们

要逃离，要会逃离

把故乡的云冲淡好了

乌云，白云，都可以不要

乡音不在口齿上（乡音不足挂齿）

故土混沌

也许是一嘴沉渣

思念在　自是可以

将胃比胃

思乡是一种胃病

下决心

割除故土的顽疾

保守淳朴的元气

只要自己跟自己相认

仍是赤子一枚

如今的书，潮流

满大街的人生价值

靠一个个故事去兜卖

要你激动，要你泪，要你以为的理想主义

要你功名利禄

要你王权富贵

又要你白墙上"淡泊名利"

"静""忍""沁园春"

倏忽几年，就几年而已

你会害臊

对廉价观念上布满的灰尘

弃之

弃之

弃之

拿来

拿来

拿来

什么是你的

什么是你的

什么是你

答案

不在今夜

就在今夜后的清晨

终　结

该醒醒了

堕落得差不多了

离开这里

离开散布的欲望

离开涌动的琐碎

离开不是你的你

所谓重生

是你必须死一次

必须

死一次

为自己烧掉荒废的纸

吞噬灰烬

护佑幼嫩的你的芽苗

终结在九月

一次自我的暴动

像削发为僧

像太阳临盆

像一口钟默然碎坠

肉麻日记

你在的时候

我从不写日记

写　也就两个字

满足

你不在的时候

我一直写日记

也是两个字

想你

肉麻不

爱起源于肉麻

终于酥脆

轻一敲打

碎

绿　萝

绿萝为什么会死

我的绿萝就要死了

蔫弱的叶子黄了一片

我没有去阻止死亡

我没法去阻止死亡

萝之将死，其貌也美哉

它只是衰蔫了，并没有死
我没有伤心，只是沮丧

它会奇迹般和我一起在黑暗中
鲜活一会儿吗

秋天巡视过死亡
我见过它不是此刻的此刻

豆角的枝藤

病中
一入病中
看到自然
隔绝于我的
是即将离开的留恋

从小帮妈妈择菜
从未仔细看过豆角的枝藤
今天是那么可爱
招人疼
豆角花的宿命不在花

德州—曹县

经衡水转车
因火车不直达

如果种子不死

上午十一时启程
下午六时到埠

是否带路食
过午饿如何
酸菜泡面
一枚卤蛋
那种矿泉水
那种萍水恩怨

票呢——
没有多余的物什
伞，书，黑衬衣，你的消息

车厢人多
车厢联结处围满烟民
太阳毒起来
车窗外没了好物色
小孩子哭闹着睡了
叫卖吃喝的推车
来来回回磕磕绊绊

衡水下车重上车
广告老白干
我的眼镜擦擦放托盘边
平凡的旅程
别处就做不称心
这一切
都是拜个人主义所赐

个人主义是

把每个人都当作诗人来对待

又一日

黑胡同的尽头就是昏黄的光亮

闪入一个买饼回来的人

脚掌下的石板路咯噔作响

凶了一下午的冷空气

入夜平息了

据说天气还会回暖

和陌生人交谈，在一个陌生的环境里

逐步熟悉自我

饼是凉的，菜也该温，粥必须热起来

我向春天鞠躬，我的冻耳朵终于活了

大洋彼岸的朋友

正在上下午的课

我用干了今天

也决不让明天懒惰

你已被故乡除名，因为故乡已被除名

我说

每一个人都自杀

晚上，给自己上坟

烧纸，看见熟人的灯火

抱歉，你已手脚冰凉

回不去了

黑胡同的尽头就是昏黄的光亮

吃饼的人

在逐步熟悉自我

无　题

天黑了，大妈街头始出没

起舞唱歌，幸好凉风吹过

在夜市上逛，我解决了饥饿和疲乏

夏天的中国城市街头如此的夜不眠

民气在烟雾缭绕音响轰鸣中

生活如此相似，如今

哪一个城市不会制造一片灯火辉煌呢？

黑夜供奉神灵，我们早无畏惧

却也是喧嚣的无声

夜色多慈悲

好像没有黑暗这回事

人　人间

并没有毁坏

那

掌灯人是谁

永恒和一日

永恒，一日

都是失语的人

像每一个人失落死亡一样

"太晚了，太晚了"

孩子和老人的哭泣

手牵手走过大桥

"告诉我，明天会有多久？"

生命便是轻柔

希腊来的诗人

把词语都撒入了爱琴海

还有爱人和敌意

我们不能阻止船的离港

我们有过大路

我们走不到限制的边界

"太晚了"

老人说

孩子的第一次叹息

我们能看到所有的自己

还在失语

生命有了海水的腥咸

听风轻柔地停在脸上

一阵一阵

论标点

我不喜欢

诗里的省略号

如果种子不死

一片天空染上灰色

我不喜欢
诗里的感叹号
一片天空滚来雷声

我不喜欢
诗里的破折号
一片天空飞机划过

我的灵魂
一直在肉身做客
我的肉身
一直在世间做客

鸟儿轻
而易飞
入枝头
我呢，不是大地之子
也没有天空可以回顾

世间一直在我肉身做客
肉身一直在我灵魂做客

猎人的枪
瞎了眼
打死一只
鸟
我的枪

就是一只

鸟

猎人的枪

击不伏

树

我攀上树

看见万只

鸟

鸟也看见了

我

我和我的鸟

和我见的鸟

拥抱

树

拥抱

树

拥抱

树

我喜欢

逗号

句号

人间失足

Who

觉得自己是天使　只是失足掉下人间的吗?

又 Who

感觉在人间且继续失足着的吗？

不是人间失格呀，人间失足哦

不要害羞，报名开始

人一吸猫

便不好意思悲哀了

继续吸

悲哀起来

没人遛的狗是自由的

地久天长

小时候赶一群青山羊回家

天色渐黑树梢都关心时间

父亲收拾庭院

母亲厨间烧饭

哥哥兀自一边闷头弄玩意儿

我有个该比哥哥大的姐姐

幼年死于一场顽疾

她不入我的记忆

我们从来不曾共存

从昨天，今天，我的周围天已渐黑了

起风，起雪

我一糟糕就想童年

无忧无虑有始有终

无恋爱

却有所恋的、有所爱的

满院是父亲刈回新鲜的草味

随入夜与食味炊烟交杂起来

饭后我在街门口站一站

又在院里站一站

不会一家人灭灯睡去

没有电视没有手机

没有电脑没有牵挂

不会村狗吠声四起

十里八村间歇传来

黑夜是个大指挥家

翌日一群青山羊出门

跟在羊屁股后的

是一个乡村少年

是我或是我哥哥

我小时候觉得永远会这样过下去

地久天长呢

多山的地方

大地震

尸体暴露日下

灾民三百万

总统无家可归

瘟疫小心笼罩

饥饿、恐慌、骚乱

一夜比一夜多

岛国颓丧

以及日常无比的死亡

食品药品告罄

人品几乎震亡

水和电均回归造物主

无奈加勒比海盗歇工

以示默哀

薇依的启示

金字塔的顶尖

是神恩的广场

真、善和矛盾携手走过

在人的想象无法企及的　辽阔之上

蚂蚁赞叹美

大象只会哀鸣

墓园的字

下午，园丁割过草坪

秋天的初夜

草香顺着夜色

绕过寂静

羊群咀嚼过的草地

是我童年的远事

墓碑上是深刻的字

我在附近的土地上拿树枝儿

写会背的诗

候　车

什么让我们在一起

我不知道

我就给命运

乖乖跪下

什么让我们生别离

我也不知道

给命运跪下的我

站不起来了

苦难，爱人。

无　题

1

你捅死我好吗

我告诉你我哪儿最柔软

我拥抱你好吗

你告诉我你哪儿最温暖

2

在你生离我之前

我要先与你死别

这样我就在一生的最后

还是拥有你

3

你的爱那么长

从今晚延绵明夜

你的美那么多

领略一遍就大半忘却

你的人那么好

我作恶多端就等你来把我拥抱

叫爸爸

小时候

小得只有两三岁的时候

只有你爸爸

逗你，引你，教你　叫爸爸

你睁大眼睛，张开

无齿的嘴巴

叫波哇　波哇　爸

长大后

不知因为什么

忽然你"爸爸"多了起来

你管甲方叫爸爸

你管金主叫爸爸

你管马云叫爸爸

你管谁

或者你让谁

在什么登顶的时刻　　叫

爸爸

时间破碎以后

精神，肉体，都成残羹剩饭了

唯有戏谑和戏谑

让我们品尝一丝的宽慰

宽慰里盛满了

压抑的叫声

初夏游临沂山区见北方女人

小满之后

布谷鸟开始叫响

沂蒙山区

桃色泛红杏子青

山民人家一如平原

没有隐居感

远山只是活着的着色

不是人的根源

最后一截马路铺来

新鲜的柔软的路面，山羊群走过

脚印一串一串

故事主角是
一个北方女人
她终其一生都过着梅雨的日子
在北方
布谷鸟出没的时节
咕咕咕咕
咕咕咕咕
咕咕咕咕
咕咕咕咕

她是一个北方女人
一生活在梅雨时节

立　春

济南的早晨
工人沿街洒水
人会洗脸，天然浪漫

火车上　音乐之声
蔡琴云中漫步
不只是一句话而已

时光的伟大
它的脾气
吾往矣

吾往矣

吾往矣

去散步

一度是我

误读书一样地去误读人

小孩不鬼脸

大人端童心

嫁祸于小说

实在说不过

就说不过么

误食以至膏肓呀

小孩的归小孩

小说的归小说

去散步了

故乡一片坟

依着寒烈的夜风

状如一匹瘦马

转过胡同口

走在暗夜中

寂静村庄

每一个胡同都是风道

每一个胡同口都是风口

风口处的风野得很，火一样凶

可以吞掉人、吞掉睡梦、吞掉夜空

一批一批好像从

很远的地方赶来

从昨夜赶来今夜

从昨年赶来今年

今年冬夜的风就是从昨年的冬夜

连夜赶来的，好像气流的一生

我和风相依走过故乡的路上

老马识途是忘却　忘却驰骋年少时

认准归路，鬃毛一飘

抖一抖身子

点亮一只眼睛

我点着一支烟

深吸一口　灰掉半截

站定陈家胡同口

望过去走过去都是漆黑

尽头不住人家

穿过去，左手是一片坟

草木芜杂林立颓然

碑，立着

或断掉，就扑在坟头

日夜直不起来

碑文，又斑驳又光鲜

书法与刀法，无名的朴素

是工匠的日常

铭刻死人的始终

立碑人的血脉关系

大清、民国、九十年代、昨天

我的童年，少年

我青年以后的一段时光

许许多多次走过一片坟

走过这一片坟

白天，望过去走过去都是

郁郁葱葱

尤其是夏天

羊群就地吃草

吃饱就地趴着

睡，或者发愣，或角牴嬉戏

牧羊少年卷一张凉席

铺在直不起来的碑上

睡，或者发愣

寂寞是叫不上名字的草木

是一下午又一下午的消磨

石碑上，日光零星闪烁

倏忽一阵凉风吹

拂过草和叶子

温柔骚动，小规模百万雄兵

背凉了，就坐起来

屁股凉了，就站起来

站累了，就席地

我也就这样　郁郁葱葱

羊群散开了

不过仍是

儿女追随爹娘

弟兄结伴弟兄

羊的食草非常憨顺

吃醋的时候，徒然受惊

耳朵竖起，脖子挺直

警戒消除

又低头醋起来

如乡下人的收种

我的回忆也近乎醋然

坟地不独我一人

远处坐一老头

坐在昨天他坐的地方

他是一个瘸子

打过朝鲜战争

羊群比我的规模大

会说荤段子、会唠家常

会瘸着挥动鞭子，打骂羊群

会唠叨他和妻子的第一次

说痛快了，老头马上就会打盹

我也就拿粉笔描绘碑文

大清、民国、九十年代、昨天

依着寒烈的夜风

我状如一匹瘦马

转过胡同口

天明了

昨夜的风又会赶来今夜

今年冬夜的风就是从去年的冬夜

连夜赶来的，好像气流的一生

赶来的时候，它们要路过的是

一片又一片的坟

立　夏

天　阴沉沉
但鸟还在叫
月余后
麦子就要收割

你只见得我
身在原地
并未见得我
神游他处
此刻，我在村里听鸟叫

立夏
镰刀钝了不必再磨
老式时风拖拉机早也朽坏
炊烟不冒了
牛绝迹
麦子照熟人照老

昨天
我的一次庭院扫除
像一场艰难的变革
顽固的守旧派只有一人
父亲

父亲的"守旧"在我以为
是
愚蠢的积蓄

是惜物吗？
然而
白天的否决都是在晚上默默又承认了
我零零散散自立时

湿寸灰

每个字都是带气息的
一封信是一个人
站在那儿，化作纸羽飞来
你需要做的
不是端茶倒水　寒暄问候
而是静坐下来，打开
看时差里的她跟你说话
等你回信

这样的下午
这样的羽人
我失去了

漫长的心思是所有回信的一部分
泪

自由的季节

俄国冬夜
莫斯科渐入佳境

火车启动了

托尔斯泰的小说铺成亘长的轨道

冬雪飘漫，飞舞

不断读至熟识的段落

但——

不太有自由的季节

于是

黑夜里偷梦一个

春的夏的秋的冬

都自由

明明知道是梦

但我仍暗暗照做

后现代

鲜血浇灌革命

死，是不再记忆的意思

野兔子啃金黄的玉米

花儿跟从野草

李时珍说，银杏

常以恨的名义去纪念爱

我猜命运

"理智与情感"

"傲慢与偏见"

根本无法靠近她

我们必须无条件地紧跟着"命"
哀乐悲喜要受制于"运"

厄运横遭
喜从天降
谢天谢地
奉上一份敬意

我猜，命运之神
她仁慈然而刚烈
容歧途，不容回头
我猜，我猜的一定是
"我猜"——是我迎候命运的最高礼节

我猜我像雾中孤儿
走在街上仿佛入梦
太阳耀眼成一扇黑暗的闸门
我不入这门
永远藏在雾里数我的脚步

我猜命运
童年时候
我知道大人通常把好吃的放在高处
长大了，命运通常把喜庆和厄运放在何处
我不知道

在这个粗糙的时代
命运仍精致
只是人粗鄙，人在慢慢压平、变圆

命运来，不是叫你屈服，是叫你抗争的

——这是人的意思呢，还是命运的意思呢

你猜

念 诗

我在灶台念诗

柴草变成灰

我在灶台念诗

看见柴草变成灰

我在灶台念诗

灰变成草木

认 字

少年认字读书时

遇见生字，囫囵过去

以为以后再见、再认识

如今哦

再遇生字

心中 一惊

立即查实

再不认识

也许永不认识了

人如字

病中书

在病中

我清醒写下

理想的柴草积得愈高

愈厚实

青春的火苗燃得愈亮

愈光辉

落幕时

我甘愿成灰

死心塌地而后生

或者

而后死

我都磊磊落落干干净净

成我自己

二十二岁积柴

我赖在你的指尖

不要哑掉人生的暗语

未来是一枚实在的虚词

隐匿如高山

走着，却难近

退返，就在背身

紫色蝴蝶飞在草丛的光线中

此刻

谁捕捉到人生的虚空

谁就获知了人生的紫蝴蝶

人的时光

就是一段停留

大海豹爬在水岸

我赖在你的指尖

味　论

甜

很容易就腻了

甜自己腻，人舌头也腻

及过，没出息的样子

咸

最朴素的

它的轻重不是它自己

是人

咸是古早的人性

太初般慈悲

酸

是顽皮的健康

液态的，如果不纯很叫人担忧

如果淡淡的，会清凉如水

固态的，我只想象一枚青苹果

辣

是人味的

辣不是味，是方向
是触觉的痛爽

苦
所有味都可以淡
唯苦不可以
苦轻了，轻浮难成大器
苦，人格精神的领路人
隐匿的味道
是不可以声张的
苦瓜、咖啡、杏仁

味是隐形的舞者
立于舌尖
淡散了以后
都传奇

幸福的灾难日

幸亏大雪迟到三天
白色失眠
我身无长物，烟灰色的记忆
命
令我活着
我是夜的继承人
我富有一整个冬天都烧不完的柴
夯实堆积如临大敌
静候大雪，检阅纷飞

做爱时的一床厚毡子

睡下的时候

室外大规模上演

灾难日

幸福的灾难日

人生大事

童年的记忆

什么都是人生大事

青春年少

爱恋是大事

中年在望

死生是大事

渐步老迈

病痛是大事

死亡在床沿处

等到油尽灯枯时

大事直接化了

我不好意思说

人生都是小事的顽皮聚合

浪

人间在倾斜

且没有落脚点

如果种子不死

群众如此被动
像列车不可弯转

后浪已与先浪隔割断
草木零落如往年

文明是跌打损伤的结痂
带着一代又一代的后遗症
步入今天

我的笔记（二）

我从未如此傲慢地看这个世界
个人始终不被瞩目
只可怜见
上帝安抚的圣歌
像穿越黑暗的夜莺
将光明召唤
一切都平了

我喜欢
象征的事物
渐渐老去的情人
告别了

那夜风雪交加
后来的回忆是如此
忆风的猖狂，雨在冲刷

来不及选择姿态，人已见底

不许你等等

一条狗遛弯回来，小步奔大步跃

停下，扭头看我，尾巴直摇

无法抑制的——

如冰如火

绝对温度

相对冷热

人性两极

永不相见

彼此作祟、消受、折磨

在六号线上

初冬，北京

晚高峰时

一车厢一车厢的困肉窘身

自发根到手指

只有地铁报站的女声没有一丝疲劳

一天到晚、起点终点、中文英文

刚上车的乘客

"请您抓好扶手"

肩头上的雪花

引来几只眼睛瞬间光亮

一会儿的约会

地上的雪

如果种子不死

将肉身凿成一条船
安心立命

最后一班地铁
掏空了
走着睡着的人
刷卡机声迟钝

如果我死去

如果我死去
请务必赶紧烧了
我怕冷，更怕僵硬

如果我死去
请务必赶紧封锁消息
我怕人，更怕哭泣

如果我死去
请务必赶紧忘却
我怕墓碑，更怕悼文

熟人路过
我及时换掉灵魂的灯
常年吹过季风

养 马

没有蒙古血统

不是都柏林人

我想养一匹马

从未踏足草原

远方归去来兮

我想养一匹马

说什么"以梦为马"

以梦为马——是梦，不是马

我不想了

我要 养一匹马

立刻，马上

最迟在今夜

地铁没有抵达的时候

地铁没有抵达

的时候

站台空空荡荡

一个男人，背着包

对着地铁的滑动门

打拳

冲着自己

使劲，打拳

地铁没有抵达的时候

见此一幕

平静日子

痛苦是静脉

遍布我，没有喘息。

快乐是偶尔的，总是

一边快乐

一边等快乐消失

剩下的都是平静日子

就像我是她的镜子

她像我的影子

我们是彼此的静脉

血　线

诗如此短

像我呼吸

稍一暂停

止息永隔

给自己一个空间

出一口长气

你们看见黑暗中绽放的焰火

我看见的是时代的血线

共同呼吸在空气中

令人兴奋的硝烟

一地纸屑

是黑夜抖落的花补丁

莱茵河右岸

二战初歇

科隆即将迎来冬季

莱茵河依然如故

大教堂的尖塔没有断裂

女士和先生的手没有断裂

英国人声称"重新教育德国"

孩子背着书包走过废墟

小脚步轻快，大人深沉压抑

耻辱和痛苦像淤血一样

在黑夜里凝固在蓝色眸子中

在阿登纳回忆录中

影子（二）

鲜花在哀乐中盛开

天空倒映着鸟的烧焦的尸体

河流凝固成血块

太阳要退休

明天浸泡在米吐尔里，久难显示

人在各自的暗房冲洗自己的难言之隐

色彩斑斓的欲望

鲜花，河流，天空，太阳

一个人，童年击壤而歌

曾经我是牧羊少年

曾经过后

一切未知

我什么都不是

黎明觉醒于黑暗

我起身

穿好衣服

去寻找河的源头

太阳照常升起

因为爱吗

因为爱

我怕孤独稀释，重新渴望

黑夜降临还

挂一辆专列通往远方

没有影子的

像间牢狱

牢狱的影子最长

山楂树下

记忆中

我与她分食什么

她的味道就是什么

九岁

我们在山楂树下

他人的果园里

一嘟噜一嘟噜的禁果

远处是羊群咀嚼秋收的残余

我们吃着

天上秋云

蚂蚱翠绿

蛐蛐油亮

头上枝条鲜艳

后来的我知道

一处鲜艳一处就衰败

人间形形色色

山楂树不是好望角

仅此一处

完美的东西是完美过

我们吃着

天上秋云

风很淳厚

终止了触碰身体的秘密

小雪杂感

1

小雪过后

狂暴冷酷的大风仍未在故乡降临

这是一次和煦的侮辱

一次冬日的失眠

一次凝固

2

老歌的音律词句

小时候，少年季节

回忆童年寂寞的耳朵

静默中，唯喉头的音准仍在

时空轴线

就这么长大了

我黑色布面的鞋帮子

3

还未及见春天的裙角

夏天就迎面而来了

午睡过后

故乡的槐花落尽

4

城市停满行尸

乡下缀满星辰

每个人的目光

难得扫一眼天空

只扫一眼

会扫出泪来

5

听你的声音

抚你的体肤

知你的存在

回忆证明你

同时出卖你

命运在一条船上

不是失落

是兴奋

我好像一次旅行的开始

不论你相不相信

嬉笑抑或悲哭

命运都是一副模样

命运都在笑

在暗处，平静地笑

慈悲，无耻

在出海的一条船上

命运在一条船上

再一日

上午去超市买稿纸

结账后，拿着小票
门口的店员叫住我，来，抽奖
玻璃柜台下，翡翠玉石
珠光宝气
下午，灰头土脸

父亲的利未记

麦收时节
我爹如临大敌
他肉，但耐力十足
先割尽田角
凡遗落的必弯腰拾取
除了腐坏与虫吃的，拾得干干净净
我们就是穷人
我们寄居在几亩地上
苦心孤诣

窗　外

今天比昨天更冷
通暖气的日子到了么
我跟物业不熟

十七楼往下瞅
我的发呆谁都不懂
汽车川流　尾气吓人

小人在绿化带空隙和楼角出没

一夜的气味，一夜的欲望

一日的厌倦，一日的尘土

对，尘土和气味相投

我都一一捕获

包括三楼的叫床声

以及地下一层戛然而止的香水

房间好大呀

我无所事事，巡视一遍又一遍

工作是什么呀？

严丝合缝的卧室门又因秋风

咚咚，咚咚，咚咚

只有我自己困扰吗

此时细微的声响

该出门了吗

该去打水或扔垃圾去了吗

我敏感，少吃多餐

喝流动的水

像在山里

溪水冷冽

一不小心又呛鼻子

窗外好冷呀

通暖气的日子应该到了

虽然，我跟物业不熟

在冬天，我要盘踞在温暖上

房间好大，杂音好多

我充耳不闻，没心没肺的时候

才好睡着

自我介绍一下

我叫懋懋，是姑娘

一岁半了，是一只猫

我少吃多餐

喝流动的水

在二居室的客厅转来转去

沿着墙壁和锅灶蹭毛

撕碎手指，咬路由器

复制我的记忆

我不高兴主人以上的描述

为什么我的主人老不上班

害得我白天放不开

只能一天换三五处睡觉

伸懒腰

他只在打水和倒垃圾时

出门

北运河岸边的垂钓者

在一条禁止垂钓的河上

两岸，桥头，鱼线像绞刑架

寒冷的北方

男人不爱回家吗

没有老婆的唠叨

没有儿子的叛逆

没有沙发墙上的三幅庸常的打印画

咦，是上钩了吗

雕塑感的身体动了

鱼线冒着热气

鱼路过

马扎再次迎来两瓣热乎乎的屁股

冲破禁止垂钓是中年人唯一的壮举

渔竿如此细长

冰冷的河水

按捺调戏

人与鱼交换着身子

轮番激动

深秋密云归途中见晚霞一次

天空的密云

在西方，像一块毯子烧着了

焚烧过的天空

是半弯的暗蓝色的湖

时日在今日

献祭最后的残存

一秒钟

湖水渐黑

一秒钟

湖水回归

灿烂过后

大军压境

一块黑幕

像撕裂者的裂裳

低矮的山峦像云一样起伏

柔顺如女体

寂静如秋

多条铁轨秘密穿过

沿途密林

藏着一个湖

我因被晚霞吸引

忘却黑夜的幕布

海边的村

海岸边的房子像梯田

晚霞是自然的霓虹

意大利南部　阿马尔菲

五渔村

屋瓦　夕照下豁亮

文章里波光粼粼

冬天七点以后

城市宽衣解带

在劳累中苏醒

乡村把自己捂严实

扣紧夜晚的纽扣

北运河西

醒来

九月的鸟叫声是蓝色的

在窗户一角 它们齐飞

在小区上空 寂静兜转

森林是诚实的，受伤就下沉

就在楼下的仰望中 消失了

我们在自己的身体上过夜

空气一凉，我们病

我们在自己的欲望里垮塌

或也重建一楼

——按着自己的高度

被子上绣满故乡的花朵

马桶冲响了四十七秒

拖鞋溃败

懑懑在门口发出灰色的叫声

一九八三

奶奶死后

老房子逐年落灰

物件像在冬天被掩埋

发霉的筷子，结网的罐

灯绳很结实，一拉，灯亮

板凳腿还未修好

床塌陷

窗台上的白蜡烛

夏天瘫软，冬天冷硬

一分钱硬币黑乎乎

屋内是光秃秃的土地

蚂蚁也没有几只了

老鼠吃干净了剩余的食物

包装袋，笼布，毛巾，破碎所剩无几

居然煤油灯还在

煤油灯、蜡烛、电灯齐集

灯内的煤油像河床的淤泥

语焉不详

抽屉内，是扣子、一根针

火柴盒掏空了

榆木箱子打不开了

奶奶死于夏天

蚊帐塌了半边

竹竿子发亮

族谱在墙上仍挂着

以及我一年级的奖状

1983 年的报纸糊在床头墙面上

斑驳，脱落，土屋子

记忆在遗落的时候

幸亏及时捡起

从点着 1983 年的报纸

开始

生之暮

除了良善

朴厚与死神（黑白无常）让乡村夜不闭户

死亡登门

轻盈无扰

像如昼的夜空又亮了一颗星

像洋葱的切割

辣眼每一次都无不成功

童年像露水，披一件朝霞醒来

少年，每一天鲜活，每一天受死亡威胁

年轻的心只会游泳

岁数上来后，就去冲浴

暮年只在岸上

通惠河一瞥

通惠河边

是很窄的

黄色工装的外卖员

大柳树下急刹车

我以为是他想起遗失的包裹

他在揉眼睛，是春天降临了

通惠河水浊

河岸柳色鲜

清凉的夜晚

北方鬼节在格外的凉夜

纸烧起来，乡野都市

温度同

尤以都市幻象重重

夜空下车水马龙

十字路口的四角在燃烧

马路天使吹圆了月亮

月光下烧灰纸片

飘摇的马路亡魂

在北运河西芙蓉东街

一个女人蹲着　烧

她小心守护着火头

旁边站着另一个女人

另一个女人手牵着一个小女孩

又一阵车水马龙

女人由蹲而跪

在风中没有哭声

三个女人的鬼节

在北运河西的马路上

不远的另一处

一位老人

独自烧

火头旺得好像在以他老迈的骨

头为柴

路边小区窄小的门房

阳澄湖大闸蟹

黄色字体显得格外亮

在九月以后

也只有在九月以后

剩余的日子像一块碑

灵魂的车床

锈迹像色素一样沉着

我把灵魂扛过桥

架上一台数控机床

在命运之河上

车掉一切

虚假与误读

以及　盲

耶稣在十字架上

一件白衬衫

回忆起西北的沙尘暴

我的肉体上画不了十字架

灵魂绑在车床上

灵魂最准确的日子

也不如一台机床精密

制造无心的完美

没人关心璀璨过后

没人关心海水淡了

没人关心石头结冰

苦水下暗礁已成群山状

人生一路过河拆桥

潜藏了多少厌倦的生命

开始怀疑的时候

一些相信才可以确立

没有怀疑，无以立信

天　赋

当我得知

在艺术领域优秀起来的人

在还没有做天赋的工作的时候

曾经，什么都干过

——我就会感动

会计，油漆工，销售员，水手，门房

就像走过一片瓦砾

才见乐园

人都在为生存烙上过

好启齿不齿的印

痕迹斑斑

自自然然

终于干起他自己的事来，慢慢迎接死亡

婚 礼

午夜列车

廉价，晃晃荡荡

去赶赴一个好友的婚礼

去现场祝福他

在村子里

在碉楼一样的小院子

街坊邻居

在屋顶上打招呼

烟酒是别人的痛快

远路的亲戚

小孩子好久不见

如此场合

三姑六婆的眼睛

物件，人，转一圈

都是小声的赞叹

一条新铺的路

下午铺的路

沥青没有干透

在夜晚柔软

一旦坚固

车流无可奉告

会直至衰竭的一天

又铺

又柔软

在我恰好路过的夜晚

你吹苏格兰风笛

我吹唢呐

你躲在一把锁头里

从缝隙中

一万把钥匙递给我

洋槐花

槐花呀，你土，但是香

是否忘记

你我曾经一起捉鱼的小河

河岸垂柳妩媚

麻雀飞转

槐花的香是袅娜地走下来

顺着河水去了

河水清香

你这样深吸一口气，说

"哎，我的人就是这样的春天这样的性格呀。"

你问我，"在意春天一样在意你，你说好不好？"

我哑巴了，我的心思顺着河水也去了

日暖风吹春正忙

小河流水人久长

牛羊下山天向晚

槐花香处是故乡

是你我曾经一起捉鱼的小河吗

河床上躺着一把锄头

四时之歌

朔冬凛然

夜风雪　度日荒芜

春又夏而秋

香色春梦

万物生

酣醒

夏又秋而冬

秋分丰矣

乞凉

瘦净

秋又冬而春

万物生而得意忘了形

贪　仲夏夜

小儿数群星

什么声色犬马

都得归大荒经

再 见

麦收过后，播下玉米

秋收过后，秋收了

牛羊埋头吃草

春日是一只纸风筝

夏日炎炎似火烧

下河洗澡

麦田，土场，我爹肩头的毛巾

炊烟没了，水塘没了

村口彻夜蛙鸣

一水尽是落河鱼

小时候的春夏秋冬

都好像是自己

一个人度过的

昼也漫长、夜也漫长

家很大，心很小

美好一旦上了年岁

一定渐不美好

今夜在故乡呼吸安眠

雪袭北中国

今夜在故乡呼吸安眠

好生快活

地冻天寒的原野上风像哨子一样响着

犬吠在风中湮灭

今夜在故乡呼吸安眠

雪袭北中国。

雪融的水滴声，滴答滴答。

人只在故乡安睡

故乡之外

夜晚的床上

只是累倒了

如实地沉睡

只在故乡发生

你在异乡

床上的夜晚

不是沉睡

只是累了

躺一会儿

如今合村并居

是抹去

是割断

是召集人一块失眠

生物学也没有标记她的理由

一只呼吸均匀的蝴蝶

命 名

天空下

山门荒草萋萋

焉知死的蜜蜂

蝴蝶一生未知生

二水罐在砖墙头上

等待戈多

水壶在椅子上

往事留步

杏树下

远山近野

枝头三姊妹

小虎头一样的果子缀满枝头

去年的石榴干瘪了

水渍皮肤

匠人已午休

居家

莫奈与毕加索

奥登四十

火把将我们

烧着在同一温度

此刻的快乐

谁可以分离火

谁可以分走我们的快乐

谁亲近我们

谁就增添了火把的舞姿

趁自由醒来的时候

让我沉醉东风一季

烛光美酒式的一场表演

鲜花和掌声都在的一次虚荣

失忆般的人生戏码

固然可以透口气

遗忘，价格不菲

不要在抵达人生终点的路途上

没有一片故地可供追忆

四十岁的奥登寓居美国

室内的墙上经年挂着阿尔斯顿小镇

填充大片记忆的是更大片的荒野

他最终爱的故乡

脚掌像心跳一样

夜　菊

在毕节的故乡

河流日夜流过她

后半夜的偏头痛

在北方的整个冬天

她一直在复发、痊愈

复发

她的春天
像秋收后一样劳累

她多想自己是一粒种子
下在土里——鼻息在
异乡的大地上
嗅出四分五裂的秘密

在永年

各地都在降温
像闪电，也像跳闸一样
永年今夜起雾
淡薄不气候
客厅中灯太亮了
茶叶舒展，降落在杯底

温水中的秩序
戏弄口腔里的唾液
楼上的钢琴声生涩，持久
下午即响透
牢笼任意扎起来
像淡薄的雾

我在饭桌上查古文的注释
旅途遥远的玻璃上

不是别处

是灯太亮了的客厅

杯底的茶叶见厚

口渴的人

身负盐的重担

在承包欲望的虚空之下

一切——

都孑然一身

夕　照

夏日夕照

太阳红大

几乎近在眼帘

好像一把即抱住

在晚霞中自由泳

走上天台

仲夏夜的暖风阵阵

气息浓重

忽然空调感袭来

头顶上乌云密布

大雨瞬间落下

像梦一样

打了几个喷嚏都不醒来

闲散的杂感

我会竟日讨厌自己
但在一些时刻，我就欢喜
我
一切激动都会消停的
一切狂欢都会落满灰尘
一切梦里都会觉得我是醒着

晚会要抵达天亮吗
篝火需要木头去维持

孟婆汤，滴入她的每一个毛孔
每一帧图片里都凝固着死亡的局部

日常，就是水龙头在流淌
马桶内一按吸走了

一个人在家不要写视觉，要写听觉
各种声音，将全部信息流融入耳朵里
狗叫声，打羽毛球带风的"嘭——嘭——"声
车水马龙，爆炒，布谷鸟，修路工人，键盘声，黑色鼠标"咯嘀咯嘀"，
屁股坐僵后蠕动而引发"唧唧咯咯"座椅声，拖鞋摩挲地板声，鸟叫，抽纸声，
马桶抽水声，窗口吹风引起卧室门沉闷的"噔——咯叽"声，电瓶车警叫
声……文字的味道，沾染季节时令的味道。

午睡以后，洗把脸开始我下午的书写
猫正熟睡，我由书房穿过客厅去厨房倒水喝
洗水果吃，无论弄出多大的动静，它都醒不了

此时是它熟悉的音频

我称之为"良性的响声"

四脚蹬直了，平躺着

或者干脆四脚朝天，小脑袋歪在一边，也经常蚕窝

头脸埋在沙发上

一个人的时候人很像游魂般

越是意识自己是人，越像游魂

转去 10 号线

人群如羊群，鱼贯而行

我沉默着走

想象自己是一端草尖

一个人的忌日创造了一个人的生日

像两座山之间有一个天然卯榫

陌生人之间的互相承认

海子咽气时

他的目光正在远行

死神带走了他的碎骨和烂肉

他的目光

他的诗

分散在许多处床头

和一个别处的下午

搭乘一辆时空火车，驶向战国

或者德令哈

瞬间穿越至寡淡的轰轰隆隆

先醒来吧，余下的交给洒水车和晨雾

先醒来吧，余下的交给洒水车和晨雾

呼吸没什么困难，列车穿过咽喉

鱼群　游刃有余于腮

秋气洗尽蒸腾的事物

意义的毛孔因灌满枯黄而粗大

太平盛世的灵枢晶莹剔透

先醒来吧，干净得像第一班地铁的内部

安检员手持沉默而锃亮的活口扳手

一切都需要检修

猫，如日光警醒

马桶内部的路贯通三十六层楼

先醒来吧，是谁启动了车水马龙的闸口

圣物供奉在隔夜的肉身深处

夜空同睡时一样空

思想的床单褪色、褶皱、发霉

我们需要一桶白色

一桶，我们每个人的白色

六站地之后即是十里铺

先醒来吧，沉睡的内部

先旷荡，先将信件发送

猫头鹰凝视深渊里的残虫

壁虎彻夜漫步在白色的墙

爱人的小腿经由河流洗涤

先醒来吧，深不见底的欲望的盗洞

在烂尾楼边

午后施工的空房间

灌满了清凉

尖锐之声，嘈杂、空旷穿透烂尾楼边

汗珠像伞兵一样降落在工人的脊背

她梦游般巡查，严肃起来也是摇曳生姿

鞋跟哒哒嗒嗒，压过一阵喧嚣

如水的魅影，淹没烟尘

蓝莓味奶盖，清爽如初

混凝土怎么才消融

怎么清爽如初

紧裹式的自由感是欲望在滑翔

如同修长的指甲通往记忆的车站

等候的空房间

她注入爱、幻想，以及长久的不安

清明祭

草长莺飞

清明又人间

无端风雨识趣

不误如期来

人生相逢已难捱

幸好杨柳依依　　　依旧

油菜花开

逝去故人我不祭

烧纸一封且照镜

魂兮归来是不去

一度清明一地灰

火中的句子

如糖

如栗

如哭

如泣

如你

念北京，在巴彦毛道边上

现实都很小

小镇的现实，大都市的现实

都小

大家的肉身都是在附近

南国塞北都一样

旅行也只是去了"另外的附近"

——此地，只有风叫了一整天

雨下了一整夜

沙漂浮了一整年

外来者，一个人在抖音里转来转去一下午

或更久，就好像"走"过许多地方

"认识"了许多的人

好像风停了，雨歇了，沙静了

人不在"此"附近

黑暗中，大小都一样

广袤之下，生命挨着生命

我遥望北京

一座拥挤的牧场

板结的土壤

停滞的集结

一条条的地铁线上鱼贯的羊群

东城西城，通州昌平

——然而，此地——只有风声

因为人走不出多少里去

转来转去的黄沙，也都是附近的黄沙

我却不认识

没有人认识

黄沙没有时间

此刻即亘古

大家的肉身都是在附近

远方我已去过，回身在巴彦毛道边上

在 G307 途中过巴彦诺日公苏木

春天

遥远的空气在西伯利亚野起来

不日，风沙过境左旗——

召集内蒙古腹地的万马千军

一天一夜，吹抵京城

一早醒来，除了香山和北海
北京土著和外来务工人员都知道了
哦，沙尘漫天也是北京的春天

下午的华北，一马平川
风沙落在返青的麦田
呼吸均匀的农人只是在异乡愁苦
春天的干旱
——不是污染，没污染

后来，吹没劲了，累了，歇了。
无意问江南
然而
风有回乡日
土无复归年

我见，干草稀疏的荒滩上
羊群、骆驼
在大风天默默站立
啃着，无动于身，无动于衷
直至登上大江南北的肉案板
抹去文明的痕迹

我的爱

秋深了　光影下
零落任风摘落的叶子
很美

落在你肩上的，是我

落在地上的，是我的相思

请你在秋天走过

我的爱　计量九月的温度

大雪在石竹山寺吹南风

凛冬的花朵只在枕头上隐约一晚

古毒素变化容貌，不哭不笑

不急，大家一起，一切才刚刚开始

无形的风暴在蛮横生长中，像拔节般

折弯每一根愚蠢的骨头，春药似的雄才大略

打残十万平米的蓝天，掳走每一块云

太阳与人，没有中介收取差价

夏天的裤子飘起来了

暴雨时，暴雨如注——直接红色警戒

往哪儿跑？你——你——你，还有你

暴雨如注

雷电与肉身两点一线

刺眼的流体像铅一样灌入大脑，渴了不

你变化良心、脸，以及愚蠢的目光

成为无形风暴的一部分，一大部分

骨头弯着硬了，风暴全部

死后，雕刻成艺术，第二年出土

你会成为一头令明天的人吹嘘的牛

京城短春

北方的春天
不许人龇牙咧嘴

走在街头
最好学会蒙蔽双眼

小心广告牌
消费主义的陷阱已被个人自由填平

春风骀荡
洗涤了春天的酣睡

朝夕之间
天昏地暗日月无光

北方的春天
很短
风沙过后即将迎来柳絮的狂浪

继而是热浪
欢迎暴晒的夏天

厦门行

三月三，在鹭岛
在鹭岛

乌云铺排长阵

云下一湾海峡

彼岸温良，此岸五味杂

素描季

夕阳照在肩头

暮色沾染我的脸色

夜像一次捆绑，我不挣扎

就可以获得自由。

睡眠，拖鞋轻踩着地板上

夜的航班起飞

每一季节过去

都像在房子上轻轻刷一遍漆

我内心的空间，隐秘、浓烈

冬天是黑

夏天是白

秋天是土

春天是灰

牧人之歌
——改叶芝的诗

古朴的欢乐已死

人间在梦中继续活着

灰色真理加身的玩具之城

事物变幻不止

墓穴中铺满水仙和百合

牧神，我从未领教

一男一女一车一地的纸鹤

罂粟花，携戴毒品的少年

大海不古老，海浪翻动，一滴一声的重生

露珠的一生，除了寂静

就只是滴落

受不了晨光亲吻

消失在草叶的困倦的肤色内

鱼腥，厚涩的苦咸，滚热的沙子

除了时光的走，大海的奔流，日头升降

月亮又西东，人间整日整夜永不停息的事没有多少

整日整夜的思念，我不相信

整日整夜的天才，一定夭折

整日整夜的艺术，大乌托邦

负重，重负，烧灭一片森林

羊群肯吃肯喝，身子一歪就席地而睡了

你在我身体流过　如何实现触碰

太阳的下颚，缺

时辰不早了

剑和思念穿透暮色

我的晚饭，是一碗星辰

一袋月光

一桌寂静

一床的凉风

常梦见和父亲去捕鱼，水浅的大坑

撸起袖子，挽起裤腿下水

一手淤泥，一手鱼，鱼都在岸上的水桶里

泥和笑都在脸上时，一场梦降临

寂静像一池水漫起来

漫过心头时，我忽然泪下

身心未来草枯黄，檐下燕雀会叫娘

摇醒一万节车厢的秘密

黑幕降临，车厢的灯亮着

我额头抵着窗户的玻璃，我看见田野和乡村

清莹的泪珠

"遍野的冰柱使北国陷入饥馑。"

耀眼的雪地，穷苦的人僵卧不起

万物边缘是万物的倒影

幽灵的亲戚是幽灵自己，像竹根一样

露珠比她之外的万物早醒

因为露珠一睡着就把自己睡过去了

大自然在这儿织了一片森林，密密幽幽的

枯枝败叶都藏在地下

树根纠缠在亡灵的马车上

百草千虫万兽，将人间衔在喙间

静谧从夜空中滴落

山梨着秋色

一只老兔子身上披满了秋色

抓了一把死叶塞进头发，以及空旷的胸口

因为人世充溢着你尤法明白的悲愁

从容活着，岸上长青草

不要太激烈，如绿上柳枝头

心中无一丝裂痕的时候

如今大海是闹人的孩子

一个只知道潮涨潮落的人

夜霜也初次看见天亮了

爱人让我从容对爱

茉儿·梅吉是邻人家的女仆

给我吃喝，让我睡在厨房

白日的劳苦让她夜晚睡得死沉

压死了自己的孩子

上帝，天下的受苦人都信了

太阳落入溪水

号角吹起，群山发出回声

猎人最后呼啸，像猎狗一样，死了

骄阳暴晒的草地上，大海回忆年轻时

头发白了，目光浊了，嗓音像弱电的录音机声响困难

梦，祸根的祸根，源头的头

王与民欢宴在山巅，漫步在深林，驾战车越大地

祭司说，没有女人爱过我，没有男人求过我

白昼走向黄昏不是那么如意的

刀砍向大海，都不行了

不指挥军队，去摘星给你，被爱，而不是被兵所引领

"一只鸟穿着水色和悠然。"

是一次玫瑰色的和平

古朴的欢乐已死

梦在人间，收割醒来的事物

游京郊口头村

在去往平谷的路上

左小祖咒，痉挛的嗓

客气，浩荡

像在旷野中

因乌兰巴托的夜晚

消散，他的嗓音铺平了

寻找自己的口粮吧

荒凉的大地上也有生迹残存

时间的门板是整木的

它不接受人的拆分

潮流冲垮潮流

河床在沉睡中走步

大风吞呼啸

寂静之树蓦然拔升

天时，节约着寒

河岸浅薄的冻冰，河中水流淙淙

寻找自己的口粮吧，

荒凉的大地需要勤恳、平整。

山河因四季的风

传递南来北往的消息

说——日，实诚；月，风流

我们在寻找口粮的路上

干枯的时候干枯

丰盈的时候丰盈

把夜晚染黑
——致谢天笑的歌

无论世界多么糟糕

把夜晚染黑

一个指头与声音跳舞

在向阳花下

不会改变——命运还是巧合

那么，由 Mantie 去吧

做一回又一回的冷血动物

幻觉再次来临

脚步声在靠近

笼中鸟

我认识它就是追逐影子的人

是谁把我带到了这里？

阿诗玛，阿诗玛，阿诗玛

一切都是因为谎言

雁栖湖，雁栖湖，雁栖湖

让我走哦，约定的地方

一直下落不明，那将会

永远是个秘密

昨天晚上我可能死了

墓志铭写在窗外的循环的太阳上

响起琴弦之歌

很久以前，我是绝症病人

吓死了医生，带走了护士小姐

在埋藏宝藏的地方

把夜晚染黑

恭喜你，把夜晚染黑

就在此地，把夜晚染黑

工龄

人类狂欢的残基 缩水
七克瘦脱了相的灵魂

站在列车道上
七万克的罪 驶过

我多想只是一位铁路工人
黄马甲，一把工具

工龄呼啸

婚姻

妻子嫁过来
二百四十三天没有写诗了
灰尘和痛苦都
扫地出门
疼，不是痛苦
痛苦在别处以另一种形式发生
正在来的路上
等红绿灯

另一版本

华北平原上的父亲
初春，秋后，两次施肥
六亩半分地

十六岁的我，儿子
睡去醒来
父亲两次施给我
沉默

我在沉默中
长出叛逆

将坏事做尽在家门之外
刀疤在棉衣
屈辱在暗夜

午夜门敲 在月光下
我怀念一次给冬田的浇灌

月下父亲
脚下流水
一父一子一人一把 锨

风雨中的蚊虫

立夏以后

蚊虫家族的"文武香贵"
将大规模嗡嗡嘤嘤了

路边、河边的杂草之上
腿肚子边、鬓角边，蚊虫
嘤嗡团聚，上下蹿飞——

北京在折叠
边界没有棱角
是一串疤瘌

初夏起风雨时
疼痛在闷热的空气中堵塞
——需要"于无声处听惊雷"

雷雨季节是没有艳丽
没有食欲的季节

如是我闻

去打水洗脚
水在结冰
在深处
结冰

耳朵，双眼
蒙上一层黑夜
夜色招惹的亡灵

如果种子不死

在烤火

所有人都是要
一个影子
我不如彻底舍掉

打来的洗脚水
在结冰
在深处结冰

在老家父亲经年修补垒砌的井台上
如是我闻

八月抄

八月二十七
故乡的秋

去年扛着竹耙拢杨叶的老妇人
不见她来
杨树的叶子好大呀，踩着脆响
满满厚厚一大片
是秋冬引火的好烧头

去年扛着竹耙拢杨叶的老妇人
不见她来
我见她的时候
她行壮矫健，半晌午的功夫

一大片满满厚厚的杨树叶子成堆

她挎了包袱一趟又一趟兜回家

垛好了

是秋冬引火的好烧头

八月二十七

故乡的秋逐日萧条

她已经萧条了吗

枯瘦的身板缩在衣裳里

风起如稻草人般盈盈晃晃

在忙碌着存储寒冬的

火热

京城晚春

绕是京城

柳絮乱飞

橘子过气

凤梨酥

公园静

车站哭

无问西东没有路

京城晚春

白团满地

一阵雨

仍污

十里之外

越围城

百里之外

麦田熟

千里之外

禾苗拂

爹娘挥镰刀

儿女要读书

春而冬而夏而秋

乙未冬在定陶闻雾霾笼罩华北而感

北方的雾霾

像癌细胞一样，在扩散

人步霾中，游魂出没

楼立霾中，浮城谜事

车行霾，迟缓如送丧的灵车

幸好不在"花开时节"

憋醒了，春天早已

走远

日如蛋黄下

鄂中女诗人

姓余名秀华

蛰居横店

北望京城

不知又会如何敲下

一字一句

洋洋洒洒

日如蛋黄下

不同的人 穿 一样的衣衫

一样的死尸

在霾中蒸干

线上线下均无趣

不如关了八根线

去睡梦里，凭吊蓝天

十四亿人的脸

一只眼

日如蛋黄下

在换乘中

孤独如复活节岛

文明正在漂流

砍树，杀人，吞吐语言和欲望

迷失在换乘中

一时忘了去路

是站在东四十条一边或者去往雍和宫

此生是一粒种子

此刻是流水

果实已熟，秋天完全铺张

如果种子不死

不去收获就自行坠落

爱是古老久远的自由方式
在幻程中，与陌生的脸对脸

在手机中读取一帧照片
内容描述如下

一千双黑色的鞋子
在河岸上
站着，空着
多瑙河，逝者如斯夫

大寒途径保定慈云禅寺

雪，下够了
冷，冻透了
大寒日
连恶人也在烧火
盼天晴

碑

每一个诗人都被撕碎过
趁自己不备
捡拾起自己

无论多么小心，也从此残缺

"残缺"以后

要么是一个自我的骗子

要么是一个活死人

靠真诚，无与伦比的真诚

才可能再次完整

没有被击碎过的人

都只是暂时的麻木的整个儿

一生都无绝望

是最绝望

茶棚街札记

1

凡诗篇，皆是祭文

一字一句尽显贪恋

在字句中，我与人世平起平坐

只要人仍在语言中活

绝望的瓦罐下

是活的火

2

叠加与包裹，没有止境

也遮掩不了人世的虚空

火顶旺，烧完了也是一锅底的灰

3

歇息的鼾声已在清早微弱了

几声鸡鸣

新的敌人已经来临

死神未免劳碌命

不会疲惫，一刻不歇带走人

4

靠回忆度日

每年都立秋

5

死亡是年轻人的大远景

人世的欢爱与喜乐聚焦鼻息

我暗告自己：人确凿是要死的。

日日练习耳朵如何承接死神的鼻息

6

昨日中山公园逛书摊

二十余本拎在手

我二十四岁写一句

人是出生即入死

命是死中求得生

7

诗人写诗太多是不道德的

小说家把小说的结尾写得像投降一样也是不道德

8

灯火如昼的黑夜，大都市重塑了人体的生物钟

如果万古无黑夜，恐怕人早就疯了

落日如约降临比太阳照常升起，更得救

黑夜如期而至，太幸福了，终于可以歇了

9

地铁里坐着的人都抱着包，包里是文件、化妆品、笔记本、硝酸甘油、

避孕套

在京务工人员你先失掉的底线或者品行是什么？坦率。正直。诚实。

谦卑。热心

或者，故乡的口音

10

苹果在树枝上，猪在泥浆里打滚

欲望的集中营，命运的车，羊群赶着羊群

11

我在心头无数次按下快门，死灰上的朝气

步入绝境吧，在风暴的中心，打坐

我们的冷嘲上冻了，只剩下笑脸和热泪

12

日常是磨难也是修行，闪耀的时刻只属于过去，人在回忆时，无论内

心怎样，是苦涩，甜蜜，暧昧，决绝，眼睛都是亮的，忽闪忽闪的表达，

是我定义的脆弱，像河流之上的浮尸，或一块冰，或一座岛

13

每一回旅程都很妙，顿生的困惑也会顿时烟消

火车奔驰不止，下一站还不是我的终点
在喧闹的车厢内，我伏案疾书
因颠荡字迹潦草，但字句缜密而冷静
我们都在路上，都是去往死亡殿堂的朝圣者
凯鲁亚克兄弟众多

活着

十月。黄昏
我自超市归

大米三斤
十块零五毛
小米二斤
十二块整
陈克明牌玉带挂面
八百克，七块
酱黄瓜半斤，微辣盛一碟，三块
六个鸡蛋，四块九

缺一个缸子或者一只碗
据说缸子是不锈钢，碗是瓷的
关于是要一个缸子或要一个瓷碗
我犹豫了一分钟
缸子抗造，"叮叮当当"学生气
瓷碗易碎，然而非常"个人生活"
最后，为了耐用，我向生活妥协
叮叮当当回家了

我要粮食，没要蔬菜

晚点超市的蔬菜老了

一堆堆零零散散

今天没去死的样子——蔫坏

打印小票——将腐坏的都摘干净

要在生活里创造新鲜

小屋里冒着热气了

饭毕安排如下：

秋日春心在

人已归去寄暮霭

一夜读雪莱

昨夜书

你像陈室中的橘皮

太阳在人类后背更早升起

我没有基督，却给自己造一个复活节

因爱吃水太深，落水者需自救。

整个春天无比阴冷

天空沉重云头发狂

稻谷的饱满

溪水暴涨

穷苦人精瘦而健美的肉体

都是神失散的面孔

五十步之外的烧饼比一百步之外的烧饼

小了两圈儿

灵柩一样的身体

运来下午的光火

树根植入我心

一栽，就是深的

每个人都可以放松地活着

正常的喘息，死去。

轻梦，很沉，天上尘世

诗歌写成一把琴，一对榔子

喧噪跟鸟鸣在耳膜上跳跃着

在争权夺利的窄巷，太阳的光白紧绷着，吞吐。

海边散着诚实的人，像海盗一样去践行意志

黑夜如狼群般包抄火炬，强光致人目盲

船是租来的，飞鸟不需要名字

逃离源于诚实

唯一发生

我即将躲掉的事

轻松如同完成填写一张艰难的表格

海风淘洗思想里的怨妇成分
一些书读不动了
我走近海滩，思想的冰在躁动的头脑里冒冷气

活着，每天都是赔的
冬风沉醉，合眼即黑夜
暖冬污染重，人死禁哀鸣

祭奠吧，泪水汇成洪水
天亮了，是因为黎明把黑夜烧开一个缺口
昨夜围绕篝火抱团取暖的人
口含着一支支火把　四散

瘦弱的我像麦穗一样
成长如炎蒸包裹着
季节来临还不成熟
就是死亡

死亡
只有一次
只有一次的事
都圣洁
都是幸福的

车厢越来越空了
座多了
疲惫加深

地铁七号线在终点笔直

春之祭

春天，排着队祭奠
云一直路过天空
哭泣或者静默
今天是静默

你等我把焰火带上火车
抵达终点——绽放

春天，排着队祭奠
春雷昨天响过
初响像谁家的老屋
一点一点，塌了

今晨寒流袭布北中国
苏醒的麦子又睡去

春天，排着队祭奠
暖风是徐迟的
她的腰肢如此森严
因为太晚，所以觉得遥远

磨刀石软如海绵，时日尽收囊中
泥瓦匠以春风洗刀

春天，排着队祭奠

华北平原只剩九头耕牛

梨头动了，旱地献祭

鬼魂呜咽喝饱了徐迟的暖风

昨夜穿针引线般疼痛

镣铐带走春天

春天是长条的

春天尽管你去说她

她路过

人没成人的时候

她已无数次路过

叶赛宁在巴黎

除了奴役自己，人创造什么？

"拔丝"獠牙颤抖着

卑怯的云布满脸部

不甘下贱的心因傲慢而失败

对于鲜活，重复就是罪恶

季节的诱惑

像庆祝春天般魔幻

在巴黎，我庆祝自己的死亡

以为我缺席庆典了吗，不

我是匿藏于杯底的醉饮者

咀嚼苦是羞耻的

撑起幸福的帆也危险重重

只有腐烂是寂静的

只有寂静会飞越季候

只有蛰伏的灵魂像翻越大山一样翻越皮囊

叶赛宁在巴黎

降临

黎明在降临

她的巴黎在降临

完善的心

人与人

在敬仰中熄灭癫狂

在吃喝睡卧时松绑正义

塔尖的圣者　照耀着

等来一丝消息，是古老的经验

我们因为失传太多事物而变轻盈

叶赛宁不游走

只是在铺路

他相信血液、烦恼和疑虑

呼唤吧，没有女人呼唤过我

降临，由上而下

直至我的腹股沟

愿我今生来历不明，居无定所

对于鲜活，重复就是罪恶

你不幸运是你的命

你不幸福是你的罪恶

散去吧，卑怯的云

太阳的金光，镶在地平线上

像妈妈一样

天空从不焦虑

埃里克·侯麦与洪尚秀

在疫情动荡的春天，老 K 终于开始写诗

在鸢城，理工学院

数理符号挂在干枯的学院路柳枝头

他的句子、步伐，投之以"短视频式"

他走过校园寻找时代的把柄

如果没有嗅闻春天

在老 K 眼里，没一个是年轻的

都是死气沉沉

他站在办公室走廊的尽头吸烟

办公室的电脑上他播放

埃里克·侯麦与洪尚秀

阳光好呀，下午的沉闷没了，午夜的空旷袭来

无家可归多好，约一个人

失败也是一个正常的夜晚，"我不要的明天"

在今天就已将我透支过去

篮球场上，跑道边，熟悉的味道

把我透支过去

一般人眼里

埃里克·侯麦清新

洪尚秀寡淡

老 K 喜悦是一种无止境的漫游感

他只是不知道如何整理自己的生活

他没有洪尚秀的勇敢

却越来越抵近侯麦先生的发际线

族人的秩序

外族人热爱生命

隐忍，不是光彩的自由意志

汉人，抖落羞耻的衣裳吧

人人都应该支撑花火

洗净后的文明处子

在狂欢的人群里，不分你我

醒来，走入秩序

灰暗的天空遮蔽了时辰

鸟离巢

荷叶芯的睡露珠

映照太阳

疲惫像雾气，歇息不会将之驱散

春天，我们遇难之处

人人停在此刻

此刻，是我们遇难之处

此刻，是我们洗净之时

第二辑　葡句

保护和照顾好葡萄藤

——木心

从来走过不少的弯路，才敢轻轻断定：命运是在画一层又一层的"圈套"，人的障碍是——"套"的圆周不可测，圆心不可知。

警惕一切分等级的东西，包括所谓艺术，尤其是艺术。

没有古希腊，就没有阿凡达。

不要死在句下。

我坦白交代写诗是因为写诗简单，字少，不太耗时间，诗又是最可以贴着自个儿去表达的——诚然表达准确、明了、深刻，就不简单了，就耗神；于是写诗就容易轻浮，勉强，拼凑，所谓"为赋新词强说愁"。终有一天，写诗的勇气会跟着小说般的夜色一起退去，挥发了，蒸发完全。

无比的自卑和无比的自大是一回事。一个觉得不够吃，一个觉得吃不够。

我量好自己堕落下去的每一寸，每一寸，都凿打清醒。

诗歌是上色的空话，也是灰白的实句。

我在城市交房租时，兰波已为自己加冕。

无论走到哪儿，我身上都背负着一亩地。

书解决了我的孤独，寂寞仍敲门。

慈悲不像潮水声势浩大，慈悲像一滴露水，静默显退，轻轻点化，好像无动于衷，却分明得救了。

码字像搬砖一样，落成的幸福，需要爬过一大片无人区。

吸食手机，手机已然是人体的另一个器官，它没有血管通过——手机是极具器官形态的宗教。

"幽默精神"和"悲观主义"可以集合于一人之身。

人与人都容易失望，树，沉默着——总会给我安慰。顾城太傻了，天空、太空、黑夜、黑暗，从不一无所有，一无所有的是人，最初的人，最终的人。

年轻时好像时间一大把，在使不完的感觉中突然觉得不够了，去哪儿了，几乎全部使在突破空间上了，什么远方什么异国什么水乡什么都邑，好像必须流浪；后来，千山万水过尽，总不是自己的，时间不多了，人也不鲜了，慢慢舍弃"以空间换时间"的生活方式，而是余生的一分一秒都可以"随心所欲而不逾矩"了，空间已不重要，在时间中求变、求好、求自在、求块然独处，适然衰亡。我们去过远方才知道故乡原来就是远方，我们得到自由以后发现我们根本没有被禁锢过。

希望之火不是鸡汤的沸点，而是对人生可能的追求。

往事在散步中哭泣。

多少此刻已从前，必有将来又此刻。

人在最不像他自己的时候，自我油然。

如果你们醉了，请想起我；因为我清醒时，都在想起你们。

人，在故乡水土不服了。

生活日益新鲜，人老了。

人生是一堆难以付梓的草稿，凌乱纷杂，何处都不可安家。

故乡是土做的，不是混凝土做的。

走过的才是路，无所事事多闲愁。

我承认大浪淘沙，也承认泥沙俱下。我激动一粒金子，也叹息万粒沙子。

许知远不是一个成熟的思想者，他以智识的偏见反驳无知的偏见，以理智的傲慢面对浅薄的情感，以构建一个稳定的价值判断对抗一个无序、多变又板结的庞杂现实：在"格局"时窄化自己，最终只剩嘴中的几个词汇。他曾激动过我。

彼此各异甚至完全相悖的艺术"法条"在各自的使徒身上光芒万丈，这才是艺术的"繁茂"，一门一派，从来不叫江湖。

窄门本不窄，空门不是门，人的虚妄、狡黠、贪嗔痴，一扇门关不住。

我只在乎手中针线，不艳羡远方的衣衫。

画画的人要藏起来，一味逐名利、求赏识、失进退，无论成败，都已是一种疲惫，艺术不应该是疲惫的。

登山的时候人的头是低着的，身姿也是躬着的。——只是人体力学吗？

一片叶子，一个夏天就在一个枝头：风吹、日晒、雨淋、蝉聒，好脾气呀，只等毁灭。

没有一个人的生活是值得羡慕的，帝王和乞丐都受罪；没有一个人的生活是经得起推敲的，一推就垮呀，一敲就碎了，少见了吗？苏格拉底说"未经反思的生活不值得过"，如今反思亦是一种姿态，引人注目，不入心头。除却焦虑与零碎以及一时的激奋，我们还能装得下什么呢？

苏格拉底被处死时，柏拉图 28 岁，为了避难，他出走雅典，浪迹外方12 年。在威尔·杜兰特的书里读到这一段落，我总会慨然叹息，这样的人物在人类初醒时，拨开黎明的口子，于是光芒万丈，鸟雀啁啾。

诗意不只属于太自我、太玄想、太泛滥想象的人，诗意还属于——或者是更属于血肉生活的人。诗歌无关深刻与崇高，诗人只是一个"虚拟"的身份，诗意里一定藏着一个"人"，他在活着，一个社会身份，或为衣食而忧，或者衣食无忧，快乐、愤怒、苦恼、忧虑、恐惧，他甚至没读过什么书，而不是一天到晚在书案边，在沙龙里，在亭台月下，在一堆词汇里颠三倒四堆砌自己所谓的诗，"创造"自己所谓的诗意，自命诗人，以为全世界只有他痛苦，他看透，他需要被理解一样。这种"诗""诗意""诗人"，在我看来，不要也罢。

我是信徒，不是教徒；要做使徒，勿破孤独。

没有偷窃和谎言的童年，多么无趣，多么悲伤。

人们喜欢定见，是因为恐惧未知。

天才只有青春命，没有八十岁的天才。

谎话就是人话，因为万物之中，除人之外，都不撒谎——因为没有承诺，所以不必撒谎。

诗，太实了就没有诗意吗，诗，一定要晦涩才是诗意吗，我不认同——象征，隐喻，夸张，抽象，典故，从来都是诗歌的下策——"实意"的就是诗意的，最是诗意的。

为我所爱，宁可孤身一人，也要长途跋涉。

你文艺到哪里了？一大把岁数了还跟孩子似的，只有两种解释：一是年龄对他不起作用，即童心未泯；二是心智对他不起作用，即憨傻呆痴。

聪明的女人是扶一个男人，愚蠢的女人是傍一个男人——然而，觉醒年代是：女人扶女人而"遗男"独立，男人软贱委身也稀松平常了。

忌喧嚣，宜守常，玩笑地发怒，一场素酒也痛饮。

破罐子破摔还摔不破你说气人不气人，呜呼哀哉。

我的诗不美，我的诗很疼人。

生活就是各活各的，彼此没有根本的关系，不要互相监视，影响、折磨、关爱、打扰，互相对不起，互相不好意思——人跟人绝对的隔膜是人伦和道德所无能为力的。

捉迷藏，一代人又一代人玩不腻的游戏。

一切只要使我痛苦的，必是真实的；对于虚假的，我总嗤之以鼻，根本不想起，也不谈论。

我走回头路的时候，是不回头的。一条一条都是死路，反而没有后顾之忧。

不要以为镜头沉闷，角色长时间不对白，或者说感慨带哲理的话，就是艺术电影了；不要以为拍妓女、做爱、小偷、下贱者、政治犯，或者镜头对准一片废墟，或者一个"拆"字，就是在批判了；不要以为请不起大牌演员，七大姑八大姨发小同学都来演，甚至要脱光，杀青了，后期了，拿不到"龙标"，三五个人是观众，挣不着钱，就是"独立"的了。钱，大众，伤不了艺术，艺术都是所谓的"艺术家"自己毁掉的。

要知道，社会的牢笼，是有钥匙的；自我的牢笼，锁眼是封死的，或者干脆就没有锁——那么"眼儿"和"钥匙"就都是无稽之谈。

小人三步走，欺世、盗名、套利。说来说去，做来做去，都是欺世盗名，然后沽名钓誉，再一步欺世盗名，名利双收，接下来声色犬马，要死要活，他\她说是要到了自由。

人的向上实质是敏于荒谬的，不是励志的。

灵魂和肉体互相玩笑才是活的人。

好莱坞电影不是西餐——如今，你觉得汉堡、薯条、百事是西餐吗？

人可以拒绝的东西很多，唯"病与爱"二者难以拒绝——据说，"爱"也是一种病，是病都带来苦痛，苦痛让肉身清醒。

她风尘，我风流，我们都贪嗜命运，都饱满而无私。

与交友比，我更喜欢树"敌"。

读《鲁滨逊漂流记》时，我将读速故意放慢，毫不关心鲁老兄多会逃离荒岛——因为我愿意待在岛上，和星期五一起陪他，不愿见人间烟火，乌烟瘴气。不是"每个人都是一座岛屿，自成一体"吗？——书不能那么快读完，第二天醒来，鲁滨逊仍在岛上，不知死活，我躺在床上准备起来，好快乐。

不要过度牵挂已去的日子，而要十足赞美要来的日子。人事恒久，固然是好；但青春因为短，才是美妙的，美妙到一旦逝去，只有怀念或永不怀念。我一点不贪恋青春，我只是贪恋"怀念"。

中国所谓"穷人的孩子早当家"，不是一种教育理念，而是没有办法。

曹雪芹是拿一颗佛心去写《石头记》的，他分散在大观园中。《红楼梦》是一片海，各派红学，一个一个不同的瓢而已。

不停旅行或久居一地，都会使人迷失，麻木。

在生活的王国里，要订立自己的法度与条律；在良知的审判庭，立了两根石柱：一根是诚实，一根是勇敢。

叛逆，自我教育的开始。

似是而非，是我辈太固执；似非而是，是我辈太浅薄。生活窄化，人格也窄化。以为自有一番天地，其实都是格子生活，框子生活，三五七八个人际关系式生活。

故作高深者最浅薄。

只要是人群绝迹草木葱茏的地方，都是好去处，无人的荒凉，然而清澈。

我用一步一步的自省，赦免我一步一步的愚蠢。

孤独是冰源，自由是火种。

失眠如人在低岸处，水在上涨。

我的思索继续哈耶克式，我的时间必须凯恩斯式。

本我，自我，超我，"我"三缺一，"一"即死亡，由此生命才是完成；活着的时候，"我"始终三缺一，始终三我缺一不可；人的本我，自我，超我，哪个"我"难以实现，都等于"潜死亡"。

如今的"碎片式"文化（也就是互联网时代衍生的一系列"观看养成""阅读养成""思维养成"）如此下去，不仅是喂不饱集体（一个个"个人"）的空虚，还要造成新的营养不良，整个畸形了，并且难以辩驳，好像是一条必然的路，脚崴了便瘸着走，还以为是舞蹈着的。

我是相信交往的，如一个故人，彼此丰富彼此。

人的性格是收敛不住的，收敛了，就不是性格了；等能收敛的时候，一定归咎于年龄，岁数大了，或曰"过了那个时候了"。

"没觉得自己老"，这样的"觉得"会有很长一段时日，一旦觉得自己老了，立马衰，瞅一眼镜子就看见了：之前、之后，好像就是一瞬间。

不是彼此不相存，只是彼此不相认。

口含一枚甘草，如释重负。

一般的失败，都是自败。

如果你心定，什么都不能影响你，你就是你的环境。

对生活的态度，我不忍受，也不享受，无论顺逆穷达，我都感受，接受，承受。

鱼龙混杂时，净见鱼，不见龙。一些纯粹的东西在这个社会上往往没有立足之地，纯粹竟是一种原罪；鱼龙混杂处兴风作浪，浑水摸鱼者才是如鱼得水的人，光明磊落的家伙最后就是孤家寡人。

衣衫与记忆。衣衫穿久了，褶了、破了，我脱换时，会非常不好意思，隐隐的罪恶感，罪恶感不是罪恶。但换成人呢，人，就是衣物吗。人不是衣物，可以随心所欲去日新月异，内心一旦被一个人占据，堪比"钉子户"，一时难以搬离，如果必须搬离，那可不仅是一场"内心战争"的问题，要经过一段时日的残垣断壁，烟尘会旷日持久。但是，你为什么不可以这么想：若你心中果然种下这么一根"钉子"，一个她，不能够朝夕相处，深埋着，潜藏着，爱而不可以，也不必坚决拔去，况且谁又能拔得去呢，没有一个人可以。她永远是"在"——你一动心，她就是你的了。这难道不是一种幸福吗？夫复何求。我的爱如禅宗。

人活下来的理由很简单，一个是自以为是，一个是自以为不是。换成一个词，就是人的内心判断，是跟人说不出来，硬生生憋着的，如果死了，便不是硬"生生"了。

人世与我的关系，若即若离最好。

只有诚实，只有勇敢，日子才会过下去。

哲学是向内直指的，所谓"厚黑"皆为处世权谋，是一致对外的。

破灭的依旧在破灭，破土的终究会破土，大量的东西都是没有价值的，但凡有价值的，必须等"大量"破灭，溃烂，沉默，重逢春天，破土，像现在的春天，虽然晚，但她毕竟来了（列夫·托尔斯泰在《复活》里写着，"即使在这样的城市里，春天仍然是春天。"）。大地根生，人世荒唐，我在黑夜守着的死灰在复燃，我期待的"死灰"在"复燃"，居然复燃，将是比太阳更耀眼的光芒，洒在开阔的土地上。

寓言都是光着的，包裹太厚的是人的眼与心。

每一个夜晚我都点两盏灯，一盏是（照见）思考，一盏是（照见）顺从。

笔尖垂钓一地瘦瘦的忧伤，婴孩初睹人间相。

公开的秘密最秘密。

以下三条经验，是朴素的生活哲学，我的"三段论"：1. 不到黄河心不死；2. 好了伤疤忘了疼；3. 早知今日，何必当初。

中国孩子，先天残疾的好说，后天残疾多了，不好说。

他的思想像他的桌子一样混乱，他的手稿却规矩，齐整如一。

乡村和大都会，一种良性的隔绝没有了；我们只可以在自己的双脚之上伫立自己的"乡下"。

哭泣的窗花在院中晃荡，破碎，一根沤糟的窗棂。我的乡村基因，脚后跟粘湿的泥土凝固了。

在蚂蚁的国度，大象如同空气。

每个人的童年都是未完成的，寂寞如此斑斓。

死亡是一次收割，像麦子给农人装走，整日整夜整捆整片，大地剩下的都是扎人的疼。

爱像龙一样，是个传说，没有爱，只有幸福的忧愁。

当我们表述一件事物时，就已经遮蔽这件事物了，维特根斯坦启示。

城市与城市之间"像"如兄弟，夸张、粗鄙、丑陋得没有想象力。

狗急跳墙，墙吓一跳。

我们"死于"一地鸡毛，也"死于"幸福美满，日常生活是一种深渊，那么爱她吧，你将打捞出滋味。

生命多是不战而屈，也是一种健康。

梨花摇落酒酿成，春酒一壶，不够。

木头案板在午夜先于生活而开裂。

良心摇摆不定，罪恶优柔寡断，见秋风如同善恶较劲。

诗心不死，小说的骨肉又不熟，我在路上转来转去，渴望一座天桥就地架起。追问诗人，什么是琥珀，你见过云杉树吗？刚才是夜莺在叫吗？太阳需要赞美吗？猫头鹰到底什么习性呢？都写在诗歌里，却不了解，我的诗歌也是闷熟的。

常梦见，我把自己从梦中推搡出来。

哲学应该教会哲学家一声叹息。

精神上君主，肉体上奴隶，哲学家；精神上奴隶，肉体上君主，教徒；精神与肉体又君主又奴隶，诗人。

人生是没有下联的上联，或者是不知上联的下联。

我属植物，十二生肖里没有我的秉性。

黑夜剥夺了我的色彩，给我做孩子的机会。

遗忘是一种远意，另一种深藏。

于四季之际的中间地带，我窥见兵气，也身受感冒。

人间如此陈旧，如何指望她生长出新鲜的美学。

生活如同一部中篇小说里不必然到来的对话，对着错着，错着对着就长篇了。

人生要比人生的意义大多了。

宁肯束手无策也不不择手段。

弹尽粮绝束手无策或是你最大的勇气。

散文是路过，小说是大迁徙，诗是降临。

喜怒哀乐，我全靠他人建立。

暗夜如约降临和太阳照常升起一样必要。

每天最早醒来的是我的脚指头。

人间多少灰尘将神变成一个抛头露面的"人"。

一个好的老师应该是一个没有敌意不带讥讽的逗哏演员。

或曰：人最痛苦的是想成为一个什么样的他人，而不是想成为一个什么样的自己；然而，只要"想成为什么"，你就痛苦了。

现实中芜杂的枝条跟头脑中蛮荒的野草没有关系，没有交织，卡夫卡一直凝视。

虎豹总是孤独的，豺狼却成群结伴。鲁迅、胡适、木心都晓得，此不是秘密了。

诗歌的抒情传统只是将一切入诗的符号（自然、人伦）染色，"传统"下来不过是淡了再染染了又淡，直至"乏色"，自然也是乏味。

费了很大劲拆开了精致叠起的信纸，读罢，叠不回去了。

我与我积怨太深。

你不立刻投身你应该投身的个人生活，你又在不知所措地耗费什么。

存在主义是哲学的一次直觉（它是过来捣逻辑的蛋的）。

不想长大，是要继续幼稚下去；人长大了却童心未泯，是良性的成熟。

我要目的地，不要目的，我也不要在目的地过夜，在求目的中过生命。

"出世""入世"，都是处世之道。

宗教是人类的树洞。

人的肉身也是租来的，所以人的灵魂一定要成为自己永世的产权。

只有死亡才可以教会人死亡，只有衰老的人才可以告知衰老。

缪斯女神的丈夫也许是一个坏男人。

诗人与每一种语言都无障碍，耶稣是诗人，魔鬼也是诗人。

在暗夜中，突然醒来，我与自己接头。

你摆脱不了你从来的样子，虽然仍在摆脱；你固守不成你从来的内心，虽然仍在固守。

麦子正在成熟，生命可以经营万亩，最后是颗粒无收。

白日狂妄无主，黑夜畏惧神明。

九月是三个三月一起埋葬在秋天。

一室之内，只剩一杯热水的暖意是彻底的孤寒。

博爱是医院，偏爱才是我。

鞋，把脚弄脏了，歧路无善恶，都是手，手不过如此。

不理解父母亲，将不理解自己。

我搭错车，只好闭起眼睛；
我误入歧途，不听天不由命；
我无比热爱过，临风浩歌。

人的恶不会消亡，善不会普世，因为人不会不朽。

我走入坟墓，你敲我的门。

在一部电影里我喜见无名的演员，他会不容我外想，好像他从来就是银幕中的"那个人"，好赖只认他。无名的演员是实实在在的剧中人。

人太孤独了，像刮过一夜无声无息的风。

意识到时间的存在，脚步太漫长了，一种惩罚。

247

对一个我不了解的人或事发表一下看法，就是看我对它的误解。

姑娘，不要苛求一个不会表达自己的人说一句漂亮话给你，也许他在心里已写就一本书。

心中有一把尺子，心形的。

快感来自理解，也来自误解。

冷，全使人骨立，荒原中的狼，雪山中的虎；热，只叫人萎靡，日曝家雀，蝉鸣起起落落。冻死比蒸死要伟大。

贪婪你的、侵夺你的、暴虐你的、苦你的，春风可以治愈。

忧郁，是心灵的感冒，忧郁症了，是感冒发生了癌变——问题是感冒会癌变么？

大雪是冬天的长袍。

我爱你的时候，我就是你。

长夜像一根绳，我是一只蚂蚁。

如果一个人想通了，就不应该对自己的生活再有任何意见；如果对自己的生活还有任何意见，那就不要放弃任何一个可以想通的机会。

命运与我商定，停战一晚，清凉的夜，是和平的欢宴。

普遍的苦难，个人的困顿，会因为夜色降临而有所收敛吗——如果上帝会失眠，魔鬼一定也有打盹的时候。故而，老子说："飘风不终朝，骤雨不终日。"

爱应该像出天花，实际大家都只是感冒。

初秋的夜风是浓的，你感受。

游子以叛逆的身姿回望故土，他的记忆一直在书写，书写爱，书写冷却。

魔鬼是天使的对立"在"，呼应主的权威和必要。

耶稣家的常客不是撒旦，也不是天使。

天下的流亡者，都是精神离散的亲兄弟。

你还在隐喻什么，你的人生该有多么说不清道不明。

我全部的欢心都在为死亡的降临。

关心一只狗和关心一个人是一样的，我没有在褒狗，也没有在贬人。

喜剧是故作轻松的沉重，一句话、一张脸皮、一个举动、一个逻辑。

人生麻烦又枯燥，严肃且顽皮。

我不对人世要求什么，也不做一个被人世要求的人。

故乡被地痞流氓蛮横，认不出她优秀的儿子。一个人的自觉，是从背叛逃离故土开始的。

如同穿越重重晨雾，或者是跋涉千万夜幕，从未如此地接近她。

车马驿站，过去是一个互相打听的时代；万物互联，现在是一个互相打扰的时代。

小时候从没读过安徒生，因为没有启蒙读物，散学了，放羊、割草、乱跑，太阳落山（准确说是"地平线"），日夜卑怯，袖口和裤腿忽然就短了一些，没短几年，个儿急停了。如今读安徒生的回忆录，我的童年倔强着不肯回头，留我一丝缝隙。

一个人为名所惑、所困、所累，是这个人的错；一群人为名所惑、所困、所累，是这个名（或时代）的错。大多数时候，"人与名"不分，以为得了名就变了人，变了个人就自会成名，津津乐"谬"矣。

夏日午间，楼下一处砖混的老屋废弃已久，门口和窗口都是空的，空洞洞的贫瘠，虽不比黍离之悲，人哪儿去了？屋外是一株大柳树，树下杂草离离，蚊虫飞鸣，雨后，蛙声一片。

生活的赋格就是手脚并在，心脑同一；庄周说，"天地有大美而不言"，上帝（无形）、大自然（存在）、自我（孤立），艺术家是三者的代言：慈悲、格物、爱。

人瘦显精神，虎柴无骨气。

在街上走，路过各种店铺，腿肚子会忽然一凉。如果一只杯子盛过咖啡、盛过白水、盛过碳酸饮料、盛过啤酒，你还好意思说它是一只杯子吗？杯底藏人，小心捉心。（一个大谜语）

原始社会，先民靠色（器物上的图案）、味（焚香，烧草）、声（语焉不详的叫喊、木石敲打）来营造一种神圣感，或祭祀山灵河川，还有神和祖先，这种仪式超脱日常，又可遍地为之，人，终于异于动物进化过来，文明开始了，慢慢艺术浮出来，之后独立。我在日常生活中也陷入了最庸常的色、味、声中，毫无惊奇与快感，是疲惫的浪费。也许只有我们自觉在"艺术"了，超脱仿佛才肯敲门、发声，好快乐，比如读《东坡乐府》，或者看秦昊的一场戏。艺术独立以后就远离人了。

我拿一口袋米去换一口袋风。火柴点燃草木，地气周转脚下。

脚印，一个是米兰·昆德拉的"生活在别处"，一个是曹雪芹的"反认他乡是故乡"，打破我一度困顿，殊途同归，是往一个意思上走的截然不同的两句话。人在寻路，我在找脚印。我的生活在我不在的地方，我在我在的地方不生活。

凉气骤紧，风雨暗千家。

回忆不会一致，没有人活在一样的感受中，过去充满矛盾。

伟大持久的友谊，必要是两个善于改变自己的人，友谊不是念旧，像任何关系一样，关系中的人是"动"物，不是静"物"。

吃朴素而干净的食物，喝煮熟的水，睡木床，盖棉被，与妻子通信，我在写小说的日子里，活着。

夏至，每一片叶子都渴望流泪；秋分，叶子开始落，没有哭声，因为叶子知道，树有根，大地有信。

保持饥饿感——为蠢相的肉减排，为虔敬的心提纯。

耐心等公交，来了，一种修成正果的感觉。

缺了人的因素，艺术是不成立的。缺了艺术，人是不成立的。

是谁砍低了诗人的门槛，Enter ——回车键，我的缪斯女神。

如果你眷爱故乡，你视死如归；如果你厌弃故乡，你视归如死。

我爱你，就像你把鼻屎抹在我的手背上。

以"失败"而告终的人生不一定就是惨淡的。失败多丰富，成功多乏味。

病痛，死亡。一个人因为病痛要去死，我们没有理由去拦住他，因为他不能承受的痛苦，我们也无法承受，他心中无比绝望，我们再希望也无济于事。

最危险的事不是动刀子而是动心思，同样是受伤，却充满想象：咖啡浓得会烫人——动心思了。

人生不如一页曹雪芹，一页曹雪芹不如一页订单。

拿华丽的想象去做一个朴素的生活家。不要赢得所有，而失掉生活。

我们在一个无法证伪的"此处"，由生入死，从头至尾，都妄图证实什么。

王维写二十字就流芳千古，货真价实的"绝句"，摩诘伟大，汉字更伟大。——汉语诗人是汉字的牧师。

手机定位经常是故乡之外的地方，不是一座大城市，就是一家酒店，一处旅游区。

把一身打扫干净再回家，还故乡一个清静，乡村的口风变了。

你关注什么，你就是什么；你取消了谁，就是取消你生命中并不重要的一部分。我们需要小心记忆，更要大胆遗忘。

那些由我创造与我相遇的句子，像鸟儿的羽毛一样挥动着我渴望飞走的心。

一棵树受难，就是我们受难，就是我受难。

太阳，最耀眼的无声者。

死都改不了，只能改不死。

意义本身自己生发，然后消亡，人类要去捕获，始终徒劳。

人所谓的一切不是一切，人的理解和认知存在障碍和限度——人的"知"就是人的"障"。如果空间维度和时间维度消失了，人类也便失去逻辑，失去思考。

人最该克服心性中隐秘而固执的顽疾，下大药劲儿，治愈之，锻炼之，恒久之。

生命的格式是时间线上的，单独时间不是生命，时间是单向度的，生命却应该是叠加式的，时间是现在，是此刻，生命不只是现在，不只是此刻，生命是现在叠加现在，此刻又此刻。人已经走近单向度的危险境地很久了。

　　我是一个悲观主义者，我唯一的乐观是"我的悲观"，悲观不是绝望，反而是一种清醒；青年人，你知道黑暗为何物，才清楚光明在哪里，大胆直面黑暗，耐心等待光明的降临。庞大的虚荣是灰色的。为人，识别虚荣的部分，然后满足虚荣。要真实诚恳干净为人。

　　信仰不是长久的，因人不永恒，上帝的信仰者轮番换了多少代了，人类忍不住要繁衍，罪不止，繁衍不止，耶稣，天地的主深谙这个"永恒之产"。

　　生命是一次长久的沉默和无限的暗示。狂喜和悲号，激昂和沉寂都是本可来和本可不来的面目。于是，歌、舞、酒、梦、乐音、光影、绘画、造型都出来了，艺术源于悲剧意识，以此证明生命就是一个个悲剧。都活在梦幻里，靠催眠度长夜。人妄想以一瞬去感知永恒的，感知得久了，模糊以为"瞬"就是永恒。

　　贪婪是人性，不是动物性，别污蔑可爱的畜生，动物知饱知足。

　　意义是幌子，荒谬是人世的起始，也是归程。

　　一切客观或主观，都是旁观，都是"坐井观"。

　　超越此岸的关节仍是在此岸，站在所谓彼岸时，此岸即彼岸。

　　所有新鲜的事物，都是人的古老欲望的倒影。

　　我不太相信任何形式的拯救关系。

　　叹皓首难以穷经。

"冥冥中就有一只手在帮你"，常人常说，我信这个，但明白这只"手"不是我的左手，就是我的右手。

人类对照人性创造神性，最终神性压抑了人性。

顶伟大的智者（智慧的头脑上）也会有几根愚蠢的胡子。

没有世界观，就甭想"看见"这个世界吗？

伦布朗生时，没有听过一声赞美，死后誉满欧罗巴，人称荷兰"最伟大的画家"——恶劣的人工，绝妙的天意。

带生活归来的是艺术，引发超脱感的更是艺术，艺术必然超脱，在生活归来时超脱。

未经理性启蒙过滤一遍的文艺头脑，搞起荒诞来，就容易荒唐。

艺术家离开祖国，拥抱的是全人类。

以下应该是艺术家在认识论上的"小学水平"：对于古今中外，不要一味在厚、薄、崇、媚、慕、鄙、排、醉之间徘徊，要有一种"自在的热爱，开放的冷淡"。一个公式：艺术家先要做加法，然后才可乘除，最后才是减法。加法者，厚积薄发，汲取他人所长，不断接触新观点，新视域，新经验（此处的"新"不等于近，古早的也许是最新的。），追溯源头活水，到达一定程度，艺术家要觉醒，这个觉醒就是：自我在哪里？天才一动手就知道自己是谁，这是天才。绝大多数人不知道，得找，时光漫长，弯路很多，甚至是不归路。那么乘除，是一个化学反应的过程，将之前积蓄的素材、感念、体会、经验统统抛出来，根据个人的艺术理想和艺术追求，触类而旁通，进行艺化学反应，灵感源源不断，立足生活。减肥精瘦，把一切多余的删除最后，所谓绚烂之极复归平淡。

艺术家不是概念家、观念家，艺术的概念、观念在理论家、评论家那里头头是道，才正常；概念、观念害艺术家不浅，如果"艺术家"遇害了，或许从根儿上起，他就不是艺术家。概念、观念导致无感、导向教条。艺术是"说"不清楚的，险些遇害的艺术家（或者命硬的幸存者）都踩着各种"念头"跳来跳去，把"艺术"做出来了。

艺术是唯物的吗，艺术是唯心的吗——这种"唯"的论调本身就问题重重。艺术家不会想唯什么，然而艺术唯安静是很实际的。外人，没有人关心唯心唯物，因为在生活上"唯什么"一点都不重要，人们关心唯利，是利，必图之，利在艺术身上，必图艺术；不要闹了，二者关系上，艺术是唯艺术家的，艺术家是唯艺术的。艺术教人超脱，"人"肯定不是指大众。

她的苦像过路的风，风停了，她把日子过得平静。

诗从来都是精兵简政，不仗势欺人。写了那么久，万幸，他没有看起来像个诗人的样子。

生活不能靠理解的，你理解不了，生活强势于人，你只好感受，感受到了，就会出一个切口，由此进入"想要理解"的生活，就是过日子；文字偏理解，我只愿能清楚工整地写出我的理解，但写到底，写的还是感受，以及一部分想象力；此两种东西，不知道什么时候，怎么就给灭了，我变得极弱；追忆逝水年华时，普鲁斯特先生好像不愿意开始，不愿意结束，怎么办，那么不着急，慢起来如此幸福。

人的生活往往比小说还要离奇，更富颠覆性，你拿笔妄自描摹生活的□意图，笔会打战，纸会失色。生活的层次是丰富的，悲，乐，愁，喜，□言以蔽之。

"通俗文学"是回应生命的近况，"纯文学"是回应生命的远意。然而，近况需要远观，远意时常要走近。

在文字的丛林，做一个标点，以为就此没有下文了。

天然是我的口味，准确是我的美学。

如果是读小说，无论古典，还是现代，一本拿过来读就是了，不必考虑作者的人生，因为小说是要创造新世界的，小说的血肉情感是自成一体的，诗词不可以；我固执地认为，读诗词（尤其是古典的）要知其字句，也要知其人事。太白写诗，东坡写词，都是写具体的人事，诗词关乎诗人词家的人生。我们知晓人事，才会懂得诗词。譬如，苏东坡写词悼亡妻，《江城子》中一句"不思量，自难忘"，就是一句极情深的话，也是极日常的实话——活人为生计累，根本没有时时刻刻的空闲去思量"死人"，但"不思量"——是"自难忘"。忘不了的，都藏深了，深得入幽梦里。

写稿，改稿，什么都可以发生。所谓少作，十年八年的东西，改，不必遮遮掩掩，没什么见不得人的。我认真改"不是东西"，结结巴巴总算是东西了，从不是东西到是东西，这个过程必须是知南知北。所谓成长，就是忍痛割爱，忍爱割痛，文字也一样，剔除，修剪，理清以后，读过去是自己的味道了，别人学不来，学了，也是夹生的。他的夹生，所谓进步，就是今日觉得昨日"夹生"。

木心先生说，写小说实是"分身""化身"的企图在作祟。我幻想人可以十条命同时活着，像十间房子，互相自由穿梭，游荡在每一间房内，一间一间的悲欢离合，像一个超级大游戏厅，大游戏就为了打破一条命的定局。对于已定事物，我一直采取游戏态度。

我喜欢我身上善恶兼具。

浪漫也好，魔幻也好，"好"就是要丢掉作家的"幻念性格"，秉持记者的笔力，从实写来。

很多伟大的作家，他们的工作都不值一提，梅里美，卡夫卡。

在这个轻易"书写"、随便发表、分享成灾、阅读全无的时代：我尊重自己写下的每一个字，像尊重每一格用得恰好的胶片一样。

没有谁告诉鸟怎么飞，但，鸟飞了，鸟一直飞。这是走兽、爬兽、水兽，土遁的虫蚁一生都不会明白的，死了，也是不明白，死了就死了。这里有大寓言，好，捅破了以后，寓言没了。你鸟样地躲在笼子里看其他鸟远走高飞，看久了，笼子开了，未必会飞，你已经习惯看"他鸟"飞的样子了。

人人都有一个家长叫社会，一种绑架叫亲戚，在中国。

好诗是可以轻轻吟起启动歌喉的，又闷一声砸在内心处。冲醉人心，激起灵越，痛爱死生。

思之甚切的时候，小心"切"会毁了思。

我们会被逗乐，但不会被震撼了。

你是我的印章。

我讨厌人群，但争取对人群中走来的每一个具体的人抱着善意。

无所谓的争论是挖向偏见的一把把铲子。

后世的荣耀与我无关，生时的欢爱就是全部的现在。

精神是一场虚空的推演，肉身才是铁证。我们为铁证而焦虑，因推演而鼓舞生命。

文化是对民族的深度催眠系统，没有培养，只有淘汰。线条，深浅，人的状态，形意拳，一件都没解决。一个人一个民族，都是做不完全或者完全做不到此人此民族所早已经知道的"理"或者"劝诫"。

风很乱，一会儿将声音带走很远，一会儿吞咽在口中。

我们很现实，但我们缺乏现实感。

饥饿是最好的调味品。

我的一部分渐次趋老，另一部分正在返青，春寒时节的冬小麦动人极了。

"克服这个时代"，我深知不易，唯其不易，才有看头，更加不屈，更加诚实。

很多人相信同一件事的时候，正是这"一件事"不可信的开始。

知人间的然，不必知人间的所以然。

饮食男女，一切电影进行时，观众笑了，是导演的良心，观众哭了，是导演的慈悲。

与失去纯真、纯粹相比，最令人沮丧的是人已经失去耐心——针对一切的耐心，耐一切的心。

一切美好都是设计在脆弱的基础上。

诗歌不会教坏一个人，它是一种传染病，传染自由与爱。

年龄如同胡须，一边冒出来，一边剃光净，留也留不住。

说句实话没什么——我早已厌倦现在的生活，它钝我，乏我，累我。

就请别往回瞅了，对于已经擦肩而过的，一肩头的遗憾。

天然是最奢侈的朴素。

互联网时代信息已爆破，思考却未点燃。

每一朝代，泄气了，才走入历史。

在这个时代，做一个理智的落伍者，是种幸福。

少时，背诵唐诗宋词像饿极了一样，都是狼吞虎咽的记忆，大意都未知；而今，一一慢慢再来过，不一样了。

咖啡是格调，茶是境，酒是局。

想象叫我们自信，事实叫我们自卑。

对我而言，遗憾的不是没能长久相伴，而是没能好好告别。

一棵树无论生长在哪儿都自有一种尊严和光荣，此事无需假以时日。

中国的英雄必须过"死"这一关，孙悟空也是死过一回的猴。

改许历农先生一句：痴心爱你浑忘老，爱到痴心即是魔。

胡适之先生的教养：永远不给人一张生气的脸。

我喜欢读一个人写的文字，不一定喜欢这个人谈话，好比我看好戏里的角色，不一定就爱戏外的演员。

不真诚，就不自由。

命运不迟到，也不早退，你打卡打不过命运。

人在故乡附近的小旅店失眠，家对我来说就是朴素与自然。

夜色退去，曙光爬升，我的爱恨，何曾分明。

春短，夏长，秋紧，冬憨。

夜来声去远，带一个句子回家。

我突然觉得百叶窗好看是因为它叫百叶窗。（忘了窗外的景色，忘了窗里的眼睛）

选择多了，选择没有意义，选择的能力也殆尽了。

都想注解别人，不解自己，注解别人时，却又分明暴露自己，以己度人，从而误解别人，也误解了自己。

浓稠地思考会让我痛苦，清淡地了悟才可以触碰快乐的指尖。

钱不应该但可以是最锋利的，塞进任何你想或不想塞进的地方。

黎明割去大片大片的夜，放倒了，捆起来，扛走我的梦，我站立在自己的荒年。

无论人类社会，还是动物世界——"看见"就是一种教育。

夜落在怀里，摘走心头的月亮。

人在江湖，欲望像浮油一样，一把勺子撇不干净。

他人比有知，我比无知。无知是灰色的智慧，灰色使人不再疲劳。

摇滚是呐喊，民谣是彷徨，乡村歌手在故乡的房顶上朝花夕拾，野草被热风吹呀吹，吹向故土的坟，《鲁迅》的歌词，歌一个叫鲁迅的人。时代的"故事新编"是你我——一拨拨的听众。

孩子身边的大人呀，你现在的所作所为都是他的记忆——下载，存入童年U盘。

我对你是一门心思，你就是不转身，不入门，不回头，如此你我久别重逢。

因爱剜下的痛处已经被时间填平，轮不着你承不承认。

苦行一时比庸碌一生要好，对吗——"庸碌的一生"见太多了，"一时的苦行"是苦行吗？

用手脚去抚摸思想，更易体会；用皮肤去思考人心，更易感知。

小说家是最会道听途说的人，要学会道听途说才能避免人云亦云。

人总得要有一次这样的离开：一个人背起行囊上路，且无人相送——不要向生活提出愚蠢的问题，因为生活会给出愚蠢的答案。

"一千个读者就有一千个哈姆雷特。"自始至终我都不相信这句话，哈姆雷特只有一个，一千个的就只是读者，跟哈姆雷特没关系。

一寸光阴一寸金，树欲静而风不止，要诚实，要勇敢，——都是自幼听够了的"大小道理"，而我们践行不了的往往就是我们早已知晓的箴言。

时代的媒介再怎么发达，人的眼与心始终是人的元媒介，目及所处，心向往之，无法更替。

一切都会过去，所以坦然，一切都回不去，所以心专。一切尚未太迟。

一切都会过去，所以心安，一切都回不去，所以舍断。一切尚未太迟。

浪漫主义也可以是很朴素的，浪漫起初就不事铺张。

人的种种向往，自身携带的太少，寄存他处的太多。

我鄙夷我的寂寞，崇仰我的孤独，要寂而不寞，独而不孤。

一切胜利背后都是堆积的牺牲，牺牲背后也还是牺牲，不是什么精神什么主义。

耳朵接触的谬论和偏见多一点，就跟真理接近一点。

空闲时候，肉体打个盹儿，灵魂做个自然梦，十足的瓦尔登湖。

读透一本书跟写就这本书一样难。

小小忧伤竟日使人窒息，大悲大痛反而很快雨过天晴了。

我将我殖民——肆意入侵我内心最不敢面对的，不欲变革的。

每个想要自由的人必须奔赴炼狱，走出炼狱。

断舍离已流于口号，又给人的异化加了一道魔障。

善与善会交恶，恶和恶会媾和，美独立，丑蜂拥，讽刺之间都很相似。

狗血和鸡血都容易流入人血里，人血是年轻人的，热乎乎。

爱在时间内，会腐朽；时间在爱内，享永恒。

病是一种痛苦（也是觉醒）的气质。

想象我们的"人生"是另外一个时空里一个人的一场梦，在一张床上。

伟大的智者都是道成肉身，一场叙事听了就激动死了，老聃、耶稣、乔达摩·悉达多、苏格拉底，都是拿肉身去思考，体悟，顿释，言传的。之后的大哲学家大文学家大艺术家肉身也在，几乎不使了，他们只读书。

我得意着自己的不得意乃最得意。

人的异化：你占有什么，什么也占有你，像魔障。

文森特·梵高给兄长写了一封信，没有苦艾酒，太阳就够好。

每一个男孩心里都走过一个少年维特，走不过去的，维特也没有办法。

石沉大海也是一种交际美学吗？

人生且悲且美之处在于不可逆转，回不去了。

大都会的春夏秋冬都是人工的春、夏、秋、冬，我赞赏这人工，因为这人工志在自然。如果没人赞赏，这人工怎么也自然不起来了。

人生就两步：一步散步，一步赶路。我是"散步散远了"赶路赶晚了的那个人。

好些个争议，争起来是没有义，完全没有意义。

如果我的价值只能让我穷困潦倒，我就是穷困了，也绝不潦倒，穷困绝不潦倒就是我的价值。

人生的"理由"——生，由不得我定，死，由不得我知，于是怎么活变得非常重要。

木心在"鱼丽之宴"上所谈及的种种直指人类艺术的"坟"。

今日各种经营买卖的场合，客都没了"客气"，主也没了"主气"，显得疏淡不耐烦，"打发"的味道很重。"亲""小主"就是一种打发。

诗抵得过多少无端的折磨呢？

我若有好酒设私宴，唐朝诗人中，我第一个要请李义山。

活着，是唯一的表达——死是表达的最后，没好意义活，焉好意思死？

春雨下，万物生悲喜。

大病初愈——复活。

酝酿不要草木皆兵，下笔不要四面出击，写作不必大动干戈。

参得太透了的，就会被众人诬为偏谬。

背叛，或爱一个人——我们都羞于承认。

心若沟渠，逼仄、窄小，沉沉死寂；心如江河，宽裕、辽阔，波澜自如。

人不太容易把自我对象化。

理想主义是独裁者的温床，理想主义者都具足暴君的潜质。

异端是离梦醒最近的人。

一个理想主义者的叛逆，像这石头，是柔软的。不过绝不稀罕流水的脸色。

我，不在这一条路上就在另一条路上。

人最糟的不是被他人奴役，而是被自己奴役。

时间像一把剃刀，我要手动，不要电动。

人要有自主，自作主张，这是生命的条件，人又要生存，一旦生存维艰，自主就会受损。不要盲目跟从，不要妄自独异，实在认知，由衷做事。

做老传统的孩子，做新观念的长辈。

声音可以很丑。

大多数人他们生着，活着，却没有想到过"生活"。

葬礼与婚礼，节庆与派对，一切仪式都是戏。

荒废的是永恒的过去，死亡却是未来的一瞬。荒废之虑甚于死亡。

叛逆绝不是忤逆，叛逆是成熟的先奏（序言），是不必然的必由之路，因为闷熟的也不少。

种种的不规律一旦规律起来像火车掉头一样难。

我开始对自己搞改革开放了。

空气退去沉重，中国当下乖巧、卑下、虚大。

那爱我的，反过来恨我，我不在意那恨，因为我也没在意那爱。

夏天，小县城烧烤的味道多于正午的蝉鸣。

人性是复杂的，不是非此即彼的善恶二元论所能一概而论的，人性是常态、多态、变态。

泼冷水，说反话，啃硬骨头，我三大爱好；我三大讨厌：装正经，说空话，捏软柿子。

思想可以"派对"，但无法共享；娱乐必须派对，是传染，不是共享；愚昧，传染即共享——大民族大派对。

中国的利己主义者是在集体主义名义之下的利己主义者。

我们不能久处，我就等你远走。

我们是最不愿意牺牲的一代人，如今只保住了命。

我讨厌看见错字甚于我看错一个人。

添置衣裳，我喜欢无牌甚于冒牌；交友，我喜欢无名甚于冒名。

诗人没必要在诗歌里还要积极生活。

恶与善水火不容，恶与恶也势不两立。

流亡归来，无一不是一无是处，米兰·昆德拉于今日复捷克国籍。

今天才重要，不要等未来，我相信未来的来，不相信未来的未。

心高气傲者最容易低三下四。

爱不苦，就寡淡。

对一代人不抱希望是没道理的。

所谓人文水准，判断的参考不全在作者，一定要大批的读者在场。

人没教养，连鬼都怕了。

我爱她时，尘埃没有落定；她离去以后，落定的不止尘埃。

科学是冷的，科学家可以有温度；死亡是冷的，祭奠可以有温度。

"以梦为马"，浪漫主义是要靠速度和耐力的，别犯蠢劲儿，成了驴儿，或是沦落成一头骡子。

天冷到觉得人间没有一样东西是有温度的，冷始于脚而冰于心。

你站在风中，像极了我的手稿。

一室的智欲，我需要饮冰止欲。

人挣扎着来到人间，一出生就醒了，心生抵触，非常不痛快，从此没有一夜可以安眠。

人类的羞耻感是近乎本能的，羞耻积累起来，就诞生文明。文明肇始于羞耻之心，先是害羞在脸上。

不，上帝只要小镇上的人。

做一只蚂蚁，在书丛里穿梭，爬出一座小径分岔的花园——请客吃饭，打猎游山——蚂蚁幻觉。

永葆青春是幻觉，永葆自由是坚决。

如果心不正，积德的事体会变成造孽的雾障；如果意不实，互换内心的爱会变成互相欺骗的陷阱。

你若不听命运的劝勉，命运就不听你的祷告，哎呀。

你跟你的少年，纵使相逢应不识，昨日随风而逝。

一个喜剧演员以玩笑的方式告别人间舞台。

北园晚秋完全萧条，羊儿满嘴啃着干草，因为草根连着大地，所以吃起来声音格外响。我写《我与北园》第一句。

因为是你，我信写得太草率，字迹也极不自然，言外之意，跃然纸上。

宴客都是家常菜，明白的客人就会放松吃。

把好书送给好书之人是善举，给平庸之辈是多此一举。

我毫不在乎的人和事都结束了，我满心在乎的人和事都如意长久，冬天快乐。

忘年——爱恋忘年，结交忘年，活着忘年，所以我人是开的，识是开的，命是开的，不过一次生日，等死。

一些人还不知道活在哪儿，另一些人把死在哪儿都安顿了，我笑笑，在必然的死亡之路上继续寻活路。我属于一些人。

该哭的时候哭了，该笑的时候笑了，这是电影，也是人生，不过我没见过哭笑自如的人，一个也没有。

只有书、电影、音乐，才给苍白的生活涂抹实在的颜色，这颜色比彩虹可靠，比梦实在，人生只有死亡和喜好是自己的。

我不给别人脸，也不给别人脸色；我不看别人脸，也不看别人脸色——脸如灵魂不可交换。

一夜雨声停，人老梦会醒，天明了，一梦了浮生，早些时候，读清代长洲人沈复的《浮生六记》，只专注"六记"，晚些时候重读，就只晓得"浮生"二字了。

音乐是一条路，浪迹流行，篝火民谣，摇滚像天气骤变，打古典的牙祭，我的耳朵很奢侈的。

许多相逢都是为离别准备的。

我不是一个优秀的人，也一直很失败，在我这里，只有失败学，没有成功学；只有苦胆，没有蜂蜜；内心悲观，脸挂笑容；我不相信口号，不相信权威，不相信培养，只承认诚实与努力——教员生涯总结。

早起的虫儿鸟不吃，是鸟在玩笑，是虫在玩笑？

大雁南飞，一生都不晓得北方冬日的样子。

瘩子是人肉体的胎记，童年是人心灵的胎记。

我可以一无所有，但不可一无所知。

冬日，我想做一枚你外套上的纽扣。

我单薄得只剩下一尺秘密，心底沉静得像在等待一场喧嚣。

文学，是我的流亡。

她知道我所有的坏，我知道她所有的好。

聪明论碗，智慧论勺，愚蠢论锅，真理是一滴一滴的，多多不益善。

与其苦苦寻问，不如孜孜以求。

太阳底下唯有孤独无影子。

死灰难复燃，就是复燃，也是更多的死灰。

私心杂念，就是细节。

先民中善思的人，没有太多概念，都是朴素的直觉，宇宙就是凭了朴素的因果链而运转，中国人称"机"。实在妙极；先民所立神话人物，实际是在立人格，各种神人，各种人格。

唯一的路，脚软了，还硬撑着——生活不会欺骗一个奋斗不息的人。

一种沉静牵手另一种沉静，嫣然一笑。扑面而来的繁华，转身就荒颓了。

二十岁的读者不一定读得懂二十岁的作者。

生活，永远是我们的孩子，不要欺骗孩子。

中国人谈起别人口无遮拦，谈自己，躲躲闪闪。

如今是虚拟空间阔绰了，人的实际时间也给它占据，我们的身体不抵达现场，我们的脑袋却满是立场，到头来是现场缺失，立场缺智。立场要在现场之后，不太可能了——永远无法抵达的现场。

我希望——我是太平洋岸的一条船，或者太平洋岸的一条船是我的。

恕我直言，是八宗罪，上帝得占一宗。

我以如今的忧伤回忆曾经的快乐，哎，爱还是爱，断不了的东西，你是一支我无法沉默的旋律。

无数代人——无数的人生，一连串的瞬间密密麻麻，一辘轳一辘轳的重复，人间始终是鲜花和死尸的叠加，鲜花在死尸之上。

雾一样浓的你，散开了。

上午填充歌词一句：一日度得"比朝露还轻"。

恋爱的全部实质是"想象"与"言语"，一旦转化成"动作"就是不过"动物凶猛"，只不过是人打了爱的大旗去一步步试探与执行，命其名曰"阳光灿烂的日子"。

爱是盲目的，爱了或不爱了，没有理由，爱又是好发问的，问了又问，起初，重复的回答也是甜蜜的，然而，问腻了答木了就不是爱了，转变成另外的主题，譬如转变成贪婪和猜忌。

春天是一句一句的，不需要通读，就可以获悉，像布谷鸟叫，咕咕咕咕，咕咕咕咕。

三毛，火热、质朴、寂静——她不是简单。

人从来愧对当初，不满现在，幻想将来"有一天"，被暴雨涤凉的夜风，一阵阵爬满树枝头，哗哗作响，风涛如梦。我可以在室外彻夜坐着，幻想将来有一天，人早已不期待荣耀，只想往灰扑扑的日子涂上一层虚荣，我们把成功定义为得别人瞧好，叫好。

人生轻贱，珍重万千，自在尊严。

我喜欢这个恶魔一样天使一样的家伙，马拉多纳。

苏格拉底带我一起惊呼，我不想要的东西在世界上竟然如此之多。

互联网中的舆论群体，忽而洪水猛兽，忽而树倒猢狲散。

在北京的地铁上，我不认识一个人，同时所有人互不相识。现代社会，便捷的日常信息与通信手段让每一个人似乎独有天地，"粉绑""转绑""赞绑"在一起，无穷欢乐，其实每一个人都是"信息的孤儿"。寂寞与诱惑，失落与快感，颓然与沉醉，无聊与暧昧——此起彼伏，寂静纠缠。为了摆脱焦虑，获得存在感，我们很愿意，几乎病态般在各种社交工具上"呈现"自己，"撩拨"他人——然而，这正是一个最容易遗忘的时代，悖谬的是，我们又如此地在乎自己，这种在乎并不走向"内在与自省"，而是"恐惧与无助"——一种自恋式的不安全与自卑感。我们不会怀疑现在的生活，因为它强大的现实感不容辩驳。都是一只只无脚鸟，都在乎自己飞行的姿态，可是——已经没有蓝天。我们手持一把魔镜，生活却早落满一层灰。

贫穷的滋味和贫富差距的滋味是不一样的。

人说你要善于沟通，不等于让你去阿谀奉承溜须拍马。年纪轻轻，一脸一身的奴颜媚骨，不是差役，就是丫鬟，身体直溜溜的，精神早就跪下来了。你身边有这样的人吗？

多少书的封面已将我拒之书外。

虚荣像一张年轻人的面膜，终究抵不过年轮。

我宁愿憨傻，也不要机巧，朴拙的人都是至高的，我岂敢及，我连憨傻都仍不会，就这样面目不清地多少地方走过去了。

没有乌托邦，也没有至暗时代。

一只蚂蚁不足惧，惧的是蚁群。

我一直不承认时间碎片化了，因为时间从来是，也永远是一分一秒一点一滴式的，如果点滴就是碎片，时间就是碎片——此时此刻，时间什么时候完整呢？所谓的完整就是连贯的碎片，未来的时间以及过去的时间都是完整的，同时，碎片着来。

对许多事物置之不理，才可以在这个时代写下去。

自我确立的偏见，往往是珍贵的。

稚嫩的山呼海啸是一种自由感，不是自由。

我是嫉愚昧如仇，愚昧是最大的恶，此"恶"蠢蠢动人，恶过打家劫舍、杀人放火。

纪德的疑虑，在我是无所依凭的。他写《窄门》时，而在我周围就是窄门的屋宇也是未曾见过的。

不要谄媚你的信仰，权力靠谄媚，信仰只需要"谦卑"。

人复杂呀，没日没夜万念生起万念湮灭。

承认"人的欲望"也是"人的道德"之一种。人的欲望是洪水猛兽吗？人的道德是闸门和堤岸吗？殊不知，"人的道德"穷凶极恶起来对人的摧毁猛于"人的欲望"。

德国人酿造啤酒、音乐、哲学。啤酒是管够的，音乐是无解的，哲学是寂静的。寂静的意志像暴风一样降临。

历史是一脸严肃的笑话。

禁书与姑娘，一个革命者式的风流。

"人间有味是清欢"，无奈清欢失传，浊欢浩浩荡荡，人间急不得，着急的人都是苦役者。

我已不年轻，也不会身无分文，却没好梦做了。

人类最难根治的"病"：一是脱发，一是脱俗。

过去是基石，现实是废墟，未来是一座巴别塔。

瞬间可以量化，等待太过时了，速度，像一种药物。

爱，是"想象"与"语言"的编织，"事实"反是最不可靠的。

互联网一波一波时兴词汇，造词狂欢，好像极新鲜，很次元，很不字典很不辞典，不好好表达也是一种表达，乃口唇期表达是也。

我们的敏感、偏激、狭隘，以及难以名状的自卑感，让我们像猛兽一样攻击异己，攻击另外一个不敢承认的自己。

人在三万多天里完成个人的进化是很难的。

文字集结了，就是书；书集结了，就是天堂。

每个城市都是现实的深渊，一栋未完成的欲念。

渐修不无止境，顿悟也不是结束。

波澜壮阔底下尽是暗流涌动。

小说家的痛苦是难以启齿的痛苦。要一字一句老老实实交代过。最后也不一定就抵达。诗人的痛苦是，意象万千，却仍在原地，终究飞不起来。写杂文的痛苦是，今天和昨天一样，此一篇和彼一篇相像。

生命是一个谜面，各人抱定各人的谜底。

我知道什么是美的，却不知道该怎么告诉人如何"审"这美的——对牛弹琴，不要怪琴，也不要怪牛，因为一只蝴蝶只属于三五花朵，要飞过沧海，才是痴心妄想了。芸芸众生灰头灰脸就对了。木心说，"没有审美力是绝症，知识也救不了。"云泥应无别，只是谁在看云，谁在玩泥，才"别"开了。

没有生活的人硬写诗歌是卑鄙的。

别人写诗是写枝叶，顾城的语句都是往根处扎。

流行观念在流行不在观念，不传播就等于没有发生。没有发生的（譬如谣言）传播了也就等于发生过了。人们最后只关心传播，不关心发生了。我对于流行观念或者事物像流行感冒一样，不太容易中招的。矛盾的是，流行观念是潜伏的病毒，但又是"必需品"，是产生独立思考"抗体"的必要"抗原"。

鞋子穿久了像一个耿直的人认怂了，温良的人粗暴了，活泼的人颓废了，漂亮的人褪色了。

衣衫穿久了，新旧更迭，也是珍重分别的，是皮肤触觉式的相思病。

故乡，贫寒，没有多余的凳子。家里忽然来人了，都往床上"让座"，床上的坐痕都是盈盈舒展的，印在我幼小的心灵。

青春安分了，等于人的夭折，青春不浪费，就太浪费了。

永恒的时间是消费，转瞬的人生是奢侈。

你宣判了我的不幸，只有你在才在的幸福，没有了。像小孩子爱吃的巧克力牌子，停产了。

一把酒红色伞，一身黑舞衣，杏仁色地板，要么静默致陨灭，要么喧嚣到沉沦。

失眠叫人觉得自己像一个盗窃者，失恋叫人觉得自己是一个失窃者。

我将耶稣的爱在生活上中饱私囊，在艺术上肆意挥霍。

信写久了，都是回信，理所应当"等待感"已是消逝的"生活的艺术"。

汉语在木心身上"复活"，是我们文化断层人的"大惊小怪"。

肉欲，一触即发；爱欲，蓄谋已久。

我爱的季节，晴空万里，风吹草动。

视频时代，仍阅读，近乎德。

失眠的夜格外深，像枪口。

我的"两岸三通"：此岸，彼岸。古人，爱人，我。

哭，在生命是一种宗教意义。

我觉得大浪淘沙时，必然有不听话的沙，哪怕一粒，我认这粒是金子。

深夜，一条必须闻鸡鸣才肯住嘴的狗，叫着。

耐心是海，大度是天，宽宥归自然。

灵魂的救赎，是至爱无形——耶稣，禅，大自然，人间冷暖。

爱是一种相对论，贫瘠孱弱的绝对个体不产生爱，只会顾影自怜；独立丰厚的绝对个体完成不了爱，只完成孤独——然而，爱接近孤独才走向最高级。

艺术的口号、纲领、旗帜、主义，无论是艺术家自封的，还是写史的人追加的，只是给批评家提供方便的说三道四，争论辩驳。艺术家艺术时全不会念及这些。毕加索一笔一口一口一笔地叫嚣立体主义吗？马尔克斯写《百年孤独》时，是没有什么魔幻现实主义在一旁敲锣打鼓的。

我在你处所言，在别处不曾说过一句；我在你处所行，在别处不曾行过一次。

在生活的麦地里，我收获最多；单纯阅读时，我只是一个拾穗者。

翻越漫长的信奉抵达怀疑和翻越漫长的怀疑抵达信奉，哪一个更艰难？

无所事事，就无所寄托。除了寄托，我无所事事。

如果被吞没，黄沙就是坟墓。

我余生念及的北园，也就是一片坟地，长满了杂草，我在那儿放羊，栽了松柏，坟头偶立石碑，石碑立年头久了就毁裂倒掉了。

蚊香是默杀的法家，蚊帐是森然的儒家。

秋雨滴入瓮中，瓦罐中，塑料盆中，石灰池中，瓷碗中，木桶中，音色各异，天然的演奏。

春雨贵气，瞧，雨下了，农田里的冬小麦痛快。夏雨土气，大片暑热的土地一下子浇透了，浓重的土腥味从地面升起，夹杂着凉爽，喜欢就多闻一会儿。秋雨娇气，就要离别了，哭声似的，果然愁煞人，黄叶冷风吹，不是时候了。冬天到了，雪，属于一个独立家族。

夏季的风，染上海的颜色。

小说家在创作时，理应以为自己就是造物主，但后来发现洋洋洒洒几十上百万字的"写"，也只是人间的"边角"，人间的边界就在书页边的空白处消失。

下小雨的时候，马路湿津津，老路不平，低处积水，车流压过去，迅疾的唰唰声，好听。

人必然要崩溃一次，要么重启，要么毁灭。

穷，最关键的问题不是钱太少，而是欲望太多。

金赛的后园里没有故乡的一草一木。

比愚蠢更愚蠢的是对愚蠢动怒。

人的道德应该是小乘佛教式的，而不应该是大乘。

带一定冷度去热爱，我的热爱都是带冷度的。

欲望未泯，厌倦不止，叔本华启示。

我们在他们的遮掩中，反而获知了"全部"他们极力不愿意让我们知道的"部分"事实。

活着的人，觉得死去的人仍活着，死去的人，以什么方式觉得活着的人呢？

——生活在此处，不在别处；脚下之外都是异路，此地之外都是异地，我都是。

生活除了品尝幸福，也得吞咽恶心。

打不过时间的，人生是一场漫长的战败。

食饮有节，起居有常，打拳散步——活着，"无网"而无不利。

树，是一条街的德行。树幸福，就是我幸福。

飘荡的青春，我甘愿翻船，落水，逼你游泳，碰触活生生的鱼草，若是江河里，知水里泥沙，若是海洋，知水中咸苦。我们活动的空间（社交空间大于现实空间）越来越广阔，我们的思考却越来越狭隘和浅薄。

不要拖延什么，人需要内心的革命。

没有人生活在过去，没有人生活在未来，现在是生命确实占有的唯一形态。

生，无所谓逢不逢时。死，无所谓其不其所。

生活一旦"日常"下来，先无聊，后一成不变。

我的爱像词，我的志是诗。

人置身群体，是孤立自己的时候。

写诗的最高境界，是每一句都是死心的，不动心的。

一种草木，印刻在童年，终生在体内繁茂，零落。

人性在任何时代都在扮演它自己的角色。

人生不会一直是轻盈的，也不会一直是沉重的，来来回回，起起伏伏，像一个人胖瘦无措的体重。。

空间早已不重要，在这儿和在那儿都一样，事物只在时间线上显示意义或暴露本质。

年少时不开始读书，不只是成长的时候难以丰满，人生还会在越老的时候越苍白、越无趣、越好像需要什么外界的东西来"启动"你衰迈的年岁。

这是比老来受穷更要命的糟糕晚境：不能独处。

人上有老，"老"的麻烦，甚至半生都在护佑；人下有小，小的捣乱，一生都在操碎心。中有夫妻，互不如意，吵吵闹闹熬。你自己的人生空间被压榨得极少极少。都不痛快，都处在互相拖累、绑架、依附的"亲密"关系中。

我要天然的快乐，寻找一种不是依附的、不是绑架的、不是托人眼目的、不是牺牲的"快乐"，像一阵风似的快乐。

为理解一个人，就要去爱她，如果爱一个人，就要去理解她。

生活的将来充满盛开的鲜花，也潜藏了一地荆棘。鲜花谁捧走了，谁的脚下又踩中了荆棘，都是天意与人工的合谋。

女人喜欢将爱分散，男人只是分散他的身体——年轻多戏言。

现代艺术这条大河，是塞尚豁了第一个口子，此后源源不断，同时，也越来越浑，最终壅塞在"后现代"大平原上。

逃离实际生活是最不可想象的，人间没有绝对意义的精神生活，每一个人生来就戴着肉身的枷锁，我们是寄居的，是短暂的，日子尽了，我们就会离开。眼下的就是生活，你要生活下去，就必然要迎接它。

流行文化，我们还不太习惯它的时候，它已经习惯了我们。

我痛恨自己的现实主义了，自己交换自己。

"伪善是对爱最大的戕害。"——受害者岂止是爱。

无知般的感受力是所有艺术的万有引力。小孩子的感受，囫囵而饱满，你吃不准但绝对浑朴；小孩子一旦长大，感受式微，理解力挤走感受力。

知识理性也有病处，病在它欺压最初的心魂，穿多了"知识装"，穿久了"理性服"，心魂被缚，元气大伤。很多东西丢了，很难再拾起来、找回来。

云彩，一朵朵的鬼斧神工。

性格，是一种记忆；记忆，是一种选择——人却无法选择自己的性格，在很大程度上。

哲学不应壁垒森严，哲学是客栈，各世代的哲学家提携着各自的哲学私货入驻，未几，讪讪退房了。

表白书信容易往满了写，诗句也不好铺满整张。

感官时代，恰恰稀缺尚好的感官。

被压迫太久，反抗起来都是拙劣粗鄙的。在最激昂的年代，也有无动于衷的人。

纸上谈兵纸也生，兵临城下城没动。

观察外界的窗户多矣，不必都开呀，都开等于都没开——你都跑窗外去了。

在愚人国里，我立志做反贼，不做顺民。

一朵飘不散的云，哦，她认识所有路过的风。

我们只拥抱过肉体，未曾见过一面灵魂。

爱是为了不爱作准备。

爱的计算器在觉得不划算了的时候就变成算计器，算计不是爱，但爱也不需要计算吧？

"爱的证明"是最荒谬的数学题。在恋人的心脑里，爱的问题不是需要一个证明，而是需要一个接一个，一次又一次的证明。

我们劝不住自己的感情、欲望及命运，只能劝住一时的冲动，剩下的什么也劝不住，也没有剩下的了，因为冲动还会冲上来，在人性薄弱的时刻。

贝尼尼曾如此自豪地评价自己，年轻时，我没有错误地凿过一刀。

中国艺术家最早就不满足看山是山，看水是水，故而所画山水皆取意象，一笔笔都是山都是水。

为你背井离乡，至死不回，魂归他处——诗，艺术，大自然，艺术家不该有家。

谁都是造物者的运命。无论君王还是乞丐，无论智者还是蠢货。

艺术家的"思"与"为"也都靠赤诚和骨气一点点积蓄起来。先赤诚，后骨气。

他人即素材。

人是如何恐惧自己，才造了神。人是如何恐惧他人，才造了鬼。

人太怯懦，需要创造"强大的东西"保护自己。——因为"恐惧与颤栗"，所以"天"创造出来。强大源于怯懦的创造。

爱屋及乌，若必须如此，爱要变小心了。若爱不痛快，就会因乌而怨屋。健康的是，爱屋不必及乌，谁拦得住呀？现代的人，以爱之名，毁坏爱，糟践爱，往往是爱过了头——只知"乌"，不知"屋"了，爱却一直不在场。我只愿自己是"缺爱之屋"的"乌"站在屋之上。

阡陌记忆入之在野，故园柴扉今在否。

悲剧看多了也会笑出来，喜剧也常笑得叫人满含热泪。

多少罪恶的灵魂，无辜了一条健美的肉体。

当你不知向哪里去时，恭喜，你已经停下了自己的脚步，停下即胜利。

人最该独居的时候，"却要"生活在一起，于是所有人面目全非，我们靠爱遮丑，靠丰盈抵挡孤苦。所有的感触像一次自我精神的长跪。

我呢，也就爱在风雪里走过，像一件风衣。

雾中，黄狗咆哮路人，树林、街道，都看不见。浓雾滑入树林，像轻飘的纱巾缠绕少女，看见奔跑的孩子了。天亮了，来回的消毒液和晃动的针药。地狱般的教室，男人与女人，同样需要被认可、被欣赏。人的自我赏识。至高至好至爱的永在上吗，一切求其次可以，一切不要退而求其次，不可以吗？仇敌与知己一样，一定互有所需、所取、所求，像雾一样贞洁。

我在乡下种地，和爱的人一起清扫屋顶的积雪，草长莺飞，鸡犬不宁。我流亡，我心即我故乡。

我们被自身的经验覆盖，甚至吞没，在时间的列车上，我们磨损坏了手里的车票。死亡，不是所有人的终点，你的终点或许没有认出来，错过了，我们才都无奈地奔向所谓的终点：死。自杀者，是认出自己"终点"的人。逃离了人生经验的覆盖，我们以为是悲痛的，他们是去自由呼吸了，脑后是一片澄净之地。

我喜欢沉静，内心深处也暴动，只是不出界外，已经收割了。

公交车像安稳的人生，轨迹已定，只是循环往来；出租车像游荡的人生，遍布偶然，不过兜兜转转。私家车，是自以为获得了人生的自由。单车，是成长中的人生，自成无限可能，反而余地重重。

自由感先于自由。

大雨开篇，大雾结束，假如生活欺骗了你，生活会告诉你：假如你欺骗了生活呢？你却缄默。

现代中国，不止五味在杂陈。

曲曲折折的路上我直来直去。

我最大的不自在就是叫别人不自在了。

谚语都是老实忠诚的，箴言很低调，诗歌仍天真，小说瞅一眼诗歌便要油嘴滑舌了。

诗句给人错觉好像都是年纪轻轻的句子。

我的日子平磨过来了复磨过去了，但我的心性幸免于平，充满凹槽。

满足于贫贱生活却维持文化的贵重的人，是至人。

小说，诗，散文，只要作品长了，总会有打瞌睡的几段。

五行八作都可以有平庸者，唯诗人不能有平庸者，一平庸，辄不容忍。

误读，是信息社会的流行病。

与青春分手，是人最大的失恋。

欲解释人性的种种，这本身就是堂而皇之的人性。

一部哲学史就是不断注脚，站住脚，然后，大问题继续悬而未决。

不存在什么不可赦的，永恒会宽恕一切，个体生命的承受力永远是人类本身的局限。所以个体生命会不断制造神话和崇拜，因"恐惧"和"爱"，人类聚散成群——说故事的人一旦降临，宗教开始了。

音乐本身就足以表明"意志"，即表达万物的精髓或"绝对"特质，如爱的喜悦和悲伤。

那只相信自己的人，是对他自己也不再会忠实的。于是，背叛的门径很窄，否定的门径就窄了，他不会有宽路。

人类真正严肃的困境只有一个，那便是表达，回答"本意的表达"如何才可能，有无可能，也就等于回答了人类困境的根本所在。

上帝没说过，我的意志就是你们的自由——没说算了，人类语言里发生了这样的句子：一切哲学始于渴望，终于语言。

我们对待自己的历史，我看到的不是如何被记忆，而是在用错误的行径或者曲解的观念一步步忘却历史，直到跟历史完全脱离。我们可以向老人作忏悔，婴孩只会使我们缄默，我们必须缄默：最后的善，一切罪和恶从来时，审判就没断过。上帝开始多余，祂不比一个婴孩谙熟拯救之道。

小逻辑——意志反潮流，人性耽潮流，人性反自然，意志耽自然。

勿用写小说的速度去写诗；勿拿写诗的灵感去写小说。

黑夜里，我睁亮双眼，失眠过分的时候，悲伤都起不来，连寂寞也耐不住，竟困怠了。

人心是杂，人心不多元。

痛苦像一把使过的水壶。

过去不是去，未来不会来。

逻辑是阶梯，也是陷阱。

孤独是常客，寂寞是不速之客。孤独是"无欲"欲，寂寞是"欲"欲。

人类最根本的一个欲望，就是摆脱孤独。

电视、手机——所以，我们这代人有很深厚的流行文化的根底。

给自然手术，人类落疤癣。

一扇门，保有独立，与风交流。

没有解脱，我也不相信解脱。我不要求任何人服从任何人，也不愿自己有任何服从。

我们从未如此丰厚，却又从未如此欠缺"对待丰厚"的感觉。

直觉是植物，想象是动物，灵感是"植物"的一动、"动物"的一静，统一于一具安静的躯体。

艺术，对现实无济于事，不束手亦无策。

死亡是生命最后的占有欲。

现实的路径因史学上的参照而显现，没有史学，失去参照，"现时"的一切都会闷死，也没有未来。

小心愚昧，也要防止"智"昧。

想象力是最大的感官。

历史上有无数个今天，但，今天的今天只有这一个，盗取了自由和正义。

幼时有梦，梦乡村入夜时，萤火虫如灾年的蝗，荧荧然十数里——问题是，自幼至今，我未曾体验过一次蝗灾，所以是梦。

权力会推迟真理的昭彰。对真理而言，迟，就是一种凌迟。

彼此持爱，互相"唯一"起来。

你是亡魂，我是一夜一夜一夜。

太阳落山了，给另一半的人升起。篝火，每个人去点燃。

不，事实是爱情是婚姻的坟墓——后来，也把爱情埋葬了。

都是忍辱负重过来的，在自然怀里，我不把自己当外人。

自由鬼呀，"聊斋稿"由恶人盗走，百千鬼狐夜雨哭。

所有的崇拜里崇拜人是最恶劣最不靠谱最会叫人失望的。

大自然，豪而不奢，奢而不靡。

对于"来之"的都要珍惜，无论"来之"不易或易。

阳光需要，彩虹不需要，尘埃需要，沉沦不需要。人人是尘埃不代表人人要沉沦。

罗马因奢侈而迁延许久，帝国大厦才崩塌——帝国不允许统治者节俭。

如果喝醉就是义，我当酩酊。

人不好随便叫他人懂，也不好随便去懂他人。

鲁迅的腔调，效仿者"小有"人在，鲁迅的器识继承者绝无。

我把自己当那收信的人去读王尔德每一篇"狱中书"。

互联网使人性充分得意，简直可以忘形了。

理想混杂欲望，欲望冒名理想；欲望等于务实，理想等于务虚——是二元论的诡计吗？我们这一代多承认欲望，不太敢承认理想。

对我而言，中国文学是母乳，欧美文学是奶粉。

爱情只跟爱有关系。物质，相貌，肉欲，都没罪过，它们沾了爱，就有点说不清楚。爱情自己也尴尬。

"我体会"故我在的，是女人。

从小说的虚构里读出人性的诚实。

日记是殉葬坟墓的小说。

时间是唯一的逻辑，此岸崩坏，彼岸不至。

红学家盯紧了《红楼梦》的"主角"曹雪芹，曹先生说，"坏了"。

爱的根源，不是荷尔蒙，是孤独，然而，孤独是自私自足的。

众人不应只是朝祭台上的圣徒下跪，众人应走向祭台，火不要熄灭。

和尚在禅房鼾声如雷，哎哟，修行也疲累嘛。

停止一切无趣的习惯、话语、琐事，天底下还有比浪费一事更可耻吗？浪费时日、浪费心思、浪费水电、浪费纸墨、浪费爱、浪费粮食、浪费口舌、浪费银子、浪费牵挂、浪费昨夜的星空与今晚的雨水，浪费一颗心、浪费一具本来可以超脱的肉身、浪费期待、浪费你我的萍水相逢，浪费一次心跳，浪费命运。现代人变不出花样儿了，所有的浪费好像都以浪费流量为基础，不知道我的这一条会浪费多少 MB 或 GB？

管控自己的日子，没有辜负的日子就是最好的日子，做了错事，认了、改了，还是好孩子；所有的清净与美好必靠舍弃换来，好比心脑久违的洗澡，你一使劲儿、冲刷、换了一人。你横不过时日，就不要乱出拳、出乱拳；收一收这可耻好么？自己。

由谈论"生命的意义"抵达谈论"生命的无意义"，只需一夜。

将疲惫叠好放在故乡，天不亮，找活路的人出发了。

"失恋博物馆"就是陈列"爱之殇"的意思，逛吧，陈列着破碎，陈列着蜜，走马、凝视、触碰观展人内心的"陈列"（管你是恋爱中的菜鸟或老江湖），每个人的内心都有一座斑斑疤痕琳琅满目的"失恋"博物馆，都是说不清的寒心或暖意，拿哪一件出来？

再不哀悼故乡，游子都认干娘了。

读大学的时候，寒假归乡，凌晨火车抵达郓城，我拖着行李，在四面漏风的乡镇班车里缩成一团，在由北向南的路上，沿途我在一侧望向故乡的冬日晨景，布匹一样的麦田，积雪如被，光秃的树闪耀着晨光，红彤彤的太阳吸走一丝丝寒气，贫穷，欲望，无能，抱负，集于一身、藏于一心的年岁，是很痛苦的，田野上晨跑的寒风，伴我一路。

阿尔蒂尔·兰波，法国诗人，超现实鼻祖，渴望漂泊，被赞为"缪斯的手指触碰过的孩子"，诗人就是孩子，欲望让肌肉紧绷，毁灭级发育。

我悲伤的是，我曾经努力地幽默过。

莫扎特，纯净，明亮，毫无威慑地不知天高地厚。

大地是人类的异乡，我买下绝望种下梦。

如今万象纷杂，念头蠢动，人不可以专注一人一事一物一念，活着活着，人就散架了。黄瓜架散了，是因为季节到了；人散架了，立都立不起来。冯唐的活着活着就老了，无可厚非，也不必慨叹。人最怕未老先散。

我拿苦口诅咒你送来的良药。

换身干净耐脏的衣服，踏实躺坐在柴堆上，就这么晒太阳。太阳渐趋温柔，日色好慢，院外的街上传来放学孩子密集的脚步声，欢笑而吵闹。

淋雨像一场艳遇，不必把伞拿手里，不必把夜色挂心头，两厢持敬，不必白首。

我喜欢金银珠宝，也喜欢挥金如土做草民，我喜欢千古文章，一鸣天下知，也喜欢隐居荒路，飞鸟相与还。

水手的故事——上船，水手就是风浪，下船，风浪不讲自己的故事，都是日出日落。

今日之事占据不了明日之时的人是幸福的，我不可以，我不幸福了。借明日之时念一念昨日之事的人是幸福的，我可以呀，我又幸福了。

人活一世，如果照着"一样东西"活，那就是世人所说的一人一命，一人一相，譬如纸。

诗死在笔端，书死在书店。

一串钥匙挂腰间，权力中心在后腰，晃响着。

却步吧，后脑勺是蓝色的枕头。

时代焦虑，好像把大海酿在了心头。

爱邻人，耶稣教义里"务实的慈悲"。

你每吃一次一样东西的味道都是你吃此样东西所有次数的回味。

镜子见证镜中人一天天的衰老，亡故，云散烟消，镜子留下来了——汉人，汉代的梳妆台没了，汉镜陈列在博物馆，见证五颜六色的今世游客。

吃喝不愁的人喜欢艺术叫追求。一个贫寒交迫的人喜欢艺术叫寒酸。为什么？

鸟儿受惊了，春天一下子就飞过去了，停立在初冬的雪花上。

京城雾霾，万丈高楼仿佛从天而降。

　　"梦想"不被教育就会自个儿从青春的身体里长出来，孤立无援地活着（长久地潜藏），不被实现，也不被遗忘。

　　在夜色中，万物掏心掏肺。

　　我们只是被动地过，不会主动地活。

　　草木像昨年一样摇落。

　　秋末的蚊子，天抹黑的时候，都在高处集群飞，玩死的告别，所有的丰收之后是死到临头。

　　人类在这个时代陷入了一种"内"困境，为了脱离孤独，寻求最"准确"的表达，反而陷入"寻求表达"的困境，反而价值摇荡，失辩证。

　　没有偏见，就没有至爱。

　　虚荣灌溉青春，我们对此是默认的——虚荣多姿多彩。

　　勿冲败德者挥鞭子，勿将杀人犯问道德。

　　人必然地走在偶然的道路上。

　　太阳毫无悬念地升起，黑夜依旧赴约，我丢下等待，空空的窗外，好多风景。

　　文明的字典没工夫细解释。

　　寂寞一张口，就先已躺上床。

欲望像品性失落的竹，地下根茎疯狂，四散成势，一片又一片。

你能怀揣一颗恨我的心渐渐爱上我。

人跟物比人跟人的一见钟情更可能。

恋人的敌意是爱魔在盗火，一旦相见，无法抑制地释然和解了。

人的沮丧是深不可及的浅滩，没有绝望，没有希望，只是浅浅的，无法抚平，也不深刻。

古典在它的时刻，光鲜艳丽，都是装修味儿。

古希腊是一次遗存，时光先剥夺你的鲜艳，后在你的味道上着色。

走过大卫雕像，走过维纳斯的后臀。

我不知道岁月将会迎来什么，但我知道它必将迎来灰尘。

日常是一座静谧的深渊，静谧是我的日常。

和每一个字词重新认识，越过陌生与狭隘。

我背弃故乡，扎根别处的土壤。

没有像样的爱了，正如没有像样的仇恨了。

转移力压倒专注度，讯息遮盖判断。21 世纪第一个四分之一即将告罄。

声音吞噬沉默，沉默也可以吞噬声音。

我喜笑谈，酷爱笑话。我孤居无闷的秘诀是：宁可食无肉，不可居无笑。

隐隐约约的腹肌，一派婉约。

喜欢雨天不等于喜欢泥泞。

地铁，在八点以后填满人，从此，饱食终日。

谁在沉重的大地上轻盈过？像石头。

黑暗里，人都低下头来惭愧。青天白日了，各色各样又多起来，没事儿人一样，彼此呼应，往来。天黑得快了，夜来得猛了，我不够坦诚，也不够安静。

树不疏剪不足以迎春天。

黑夜凶悍，黎明，村子马上像松了一口气，鸟在枝杈弹了一下，飞了，一棵树很精神呢。

哲学应该寡言，说多了营销味太重。

苍翠满山，遮蔽了山的皱纹。

大地寸草不生，唯愚蠢遍地盛行。

人间欲望太多，排着队，一生都满足不了。

昨天，我在桥上走，但止步于自我的更新。

智慧都是最直接的，是朴素的。曲曲折折反反复复论证的东西，反而像游戏了，很不智慧。

心为物役，实在抱歉，物为时光役。十年没过去，你转头瞅，也应该明白了，他人是你人的剧透。百年过去了，你翻书瞅，也该豁然不需惊，历史是现实的剧透。所谓剧透，就是你眼瞅着清清楚楚的结局，一场戏一场戏过接下来的日子。

你比朝霞多一次幻想，比晚霞多一次哀伤。

山的暴行是寸草不生，人的暴行就是欺压人。

泥路近了，故乡迎来客走多年已然垂老的小主人。

气味最沉不住气，你也无法阻碍心声。

大自然不需要哪一个人的慧眼。

老实人难除坏心眼儿，捣蛋鬼仍存恻隐之心。要相信，作恶的就得等报应，行善的一定心踏实。要知道，除了权色财名等诸多功利律、欲望律之外，万古长夜下，一个道德律始终悠悠荡荡。道德之上是自然，自然律的终点就是：死。死时，你是什么样子？卢梭临死，了悟。

只有弃世之人，从无弃人之世。

阶层的分化是一个社会形态必然的成长状态，分化不等于固化，固化是社会资源和机会的"集中垄断"，集中到什么人手里？一定不是底层人。所谓"难以上升"，所谓"北京折叠"，其实就是"恶性社会的集体作弊"。

加缪，我的爱。犹记得他在巴黎街头身着一袭风衣，手臂夹着一份报纸，嘴里叼一根烟的照片。

与马赛尔·杜尚先生保持沟通往来，是十分必要的。他是没有染袭中国式道德的谦谦君子，优雅、睿智、圆融、自在，20世纪法国派庄子，美国是他施展才华（或者说起兴）的土壤，不，他也不觉得才华多了不起，是起兴吗？他在意自己的生活，像呼吸一样理所当然又自然。下午三点半以后，他步去餐厅吃炒鸡蛋。

人间最寂寞的两种人：一是太阳底下的诗人，一是黑夜中长途奔袭的大巴车司机。

步入午夜的河流，将梦境冲积而成。

一切拔高都是在设陷阱。

我是悬崖勒马之后步入苦雨斋的。

不翼而飞的故事是虚构的。

人在快活之中才是人。悲哀是一种过渡，荒谬也是，在码头登岸，补给人生苦海，时刻给人生提味，是鲜味，不是乏味。胃口太好了，每天都在吞咽日子。就是要自然快意，灵肉一致，洒脱，没有罪恶感。

自然赋予人的只是自然，人赋予自然的却只是自大，爱自然也是一种自大，不幸的是——自然是人的凭藉。

人生最后只是一声叹息，一路就不要轻易叹息了，要学会"不吭气"。

艺术不是袈裟，不是法衣，不是道袍，不高高在上，艺术是生活。

天空是灰色的，白鸽仍旧亮眼。

虎落平阳被犬欺，不怕犬咬，就怕犬耐心。

火车站的塔钟是老实人。

金钱安身，艺术立命，独往独来，吾心所是，老而弥笃。

我们好像从一条宽阔的大街上携手走入一条小胡同，人越来越亲密了，心越来越狭隘了，我们身边的风景越来越窄了。

卑微，欲望使人向上，而不是沉沦。

想起卡夫卡时，生命就像几乎快灭没灭的灰烬忽又闪了一下，氧气多一点，兴许明火会再一次噗跳出来。

蠢人因书籍建构认知的洞穴。

夜雨初霁，鸟鸣如洗。

三毛的灵魂骑在纸背上流浪。

一户窗下一盏月亮，生活易朽而丰美。

我的札记，大雪给我温暖的理由，风不止步，鸟不收羽，人不离乡。

已写就的诗句都是与我捉迷藏而输掉的精灵，陈苦的、鲜酸的、辛辣的、齁咸的、甘甜的。

故乡不是指一个什么地方，故乡又处处就是"一个地方"。

如今，我们在不该喧嚣的地方喧嚣，在不该缄默的时候缄默。

夜不关我，唯藉过去乃可认识现在，我不关过去。

马基雅维利先生读了《商君书》也要拜倒在卫鞅君脚下。

与生命本身失约，我与欲望打得火热。

蓝色是我标准色。

碧绿松针的篝火，香气噼里啪啦，"香火"旺起来了。

现代诗，意象变幻太过，是汉语的一次次痉挛。

确定的事物重叠成一个意象，意象与意象之间一定要保持距离。

必须绕过季节的外套窥见她的底色。

繁琐的精神给我带来滞重，简单的肉身带我飞升。

在海上竖起一架巨大的风琴，在河岸竖起悲伤。

大海无论多宽阔，城市的喧嚣也会传染至海的另一边。

所谓内心的抒发，只是基于一切物理规律的任意拔高。

爱先于爱人老去。

记忆在一口一句的乡音中苏醒，仿佛我没有离开过，凡变化，我都见证。

忧愁是液态的，在黑夜淘洗，在天亮时埋藏。

我把时光腌起来，咸味的苦涩，一点点品尝。

雾大，天地宛如仙境，又像在蒸笼中，脚步深一脚浅一脚，飘飘忽忽，仿佛遇见你想遇见的人，浓烈的冷清一巴掌"捂"在口鼻上，锁住，也会窒息人。树，屋宇，街头的宣传语，蒙上了一层时代的暧昧。

在深渊中倾泻自己，在登临时战胜不了寂静。

每一滴露珠里都沉睡着一个清晨，露珠消逝，清晨醒来。

除了呼吸与叹息，生活没有什么主旋律，一不小心呼吸竟成了叹息。

阅读是辉煌的冒险。

思索如帆鼓荡，在时间的浪潮上。

我喜欢寂静的希望，却至今未踏足过森林。

乡下的荆棘，我的脚掌和手指都见识过。

养育小生命或许是世上最妙不可言的一种体验了。亲子之爱要稳定和专一得多。亲子之爱的优势在于：它是生物性的，却滤尽了肉欲；它是无私的，却与伦理无关；它非常实在，却不沾一丝功利的计算。

人的成长，经过时是溪水，回忆时变成洪流。

舍命陪的确定是君子吗？

挫折教育不等于折磨教育，爱的教育不等于溺爱的教育。

先知降落在秋日荒凉时，冻土苏醒的晨光里，他要重复父亲的一生。

不务正业，兴之所至。不为名利，随遇而安。

大人盼孩子结婚就像小时候孩子见别人家里放鞭炮自己家也要放一样。

空荡荡的地铁忽然直了。

俳句不是钟，是屋檐下的风铃，不承重，却穿透雨帘。

《皇帝的新衣》里，皇帝、臣下、织工、群众，包括孩子，个个都演得好。"坚持做完"——皇帝更是一个表演艺术家。

咬牙不切齿，也是教养。

五月槐花香，麦子又青黄。我语汝独听，贪求共老荒。

我走的路极少，且步履重复，我心也不安宁，所谓个人使命，实在是夜色笼罩，大地钟声。我也是荒草地的，但上帝无弃儿。

没有耀眼的光束，没有演员观众，没有名号，没有尖叫，只有一把椅子，一个立杆麦，一把吉他，一个人，一席观众，一首歌又一首歌，自然唱起，如叙事一般动人，安安静静听，默默然流泪，Joan Baez 演唱《500 Miles》。

京城大雨，像天上下豆子，马路上的水跳起来，我躲在地铁口等雨小，冷得怀念秋裤。跑，鞋子湿了，脚步还在躲水，一辆出租车从我身边毫不犹豫开过去了。

在最浅处，我敬杜子美，慕李太白；在最深处，我离海子近，离顾城远。在最高意义上，诗境如山峰而分高下；在最初意义上，诗境自以为然，不必分高低而实属亲疏。

任何身份都不能使我安眠，除了作家。

一个人最本真的固定资产是：自由意志。

言语如同流水，欲望像水草，言语太多，欲望太盛，如此就会冲刷会吞噬人生的河岸。

人类情感库，西区是莎士比亚，东区是曹雪芹。

童心是一个容器，成人心是一个熔炉。

敬祖先，不要祖先崇拜；敬事功，不要个人崇拜；敬律法，不要权力崇拜。

闪光的归闪光，日常的归日常。

翻译不是对着一个异国人竖起一面镜子。

所谓个性不是"追求"得来的，个性是一种"自在"，是先安顿自我的。

阳光雨露可以使人成长，他人的敌意也会茁壮人。

他只在一天之中的第二十五个小时里歇息。

照搬、站队、引导，都不该是新闻从业者干的事。

每一次相见都像第一次相见一样悸动。

春天是一双脚步，她不是一下子踩遍人间，徐徐来。

童年诵诗来引人夸赞，少年诵诗也只有口腔快感，一时热闹，而今复读杜甫三章，迟来的理解，跃然纸上。人与自己，因"明日隔山岳"，而"涕泪满衣裳"。

避重就轻，理由排队，活过来的会活过来的，活该的继续活该。

大都市里的天空之上，不是没有星星，是没有"抬头"。

人着迷于照见自己的东西，智或蠢，都会上瘾。

生命的时时刻刻都颇具诗意，是外人对诗人的错觉，是诗人对自己的幻觉。

黏土盼望巧手，我是我自己的陶工。

我喜欢登顶以后遥望上山的路，但绝不张狂喊叫。

不怕孤立，才有独立。

诗意从来不属于创造，更不属于灵光乍现，诗意是一种发现，只是一种发现。

门户之见应该是爱自己珍视自己门户的意思；党同伐异式的诋毁他门他户的"之见"，是坏自己臭自己门户的勾当。

用目光去承接晚霞吧，不要一味拿手机去"咯嚓，咯嚓"。

缺乏常识和判断力，在这么一个讯息如汪洋的时代，面对事件，就会一惊一乍，惊出一身愚蠢，乍出一脸偏见。我们堵塞了知识的来源，以此条视频去判断另一条视频，热闹极了，无声极了。

电影是一门技术，是娱乐，是大众消费品，是消遣，是一门生意，是投资，是局，是约会的理由，是初吻之地。电影如果艺术了，只是导演的"个体行为"，不是电影的行业行为，但他个人改变不了电影的本质，只是"意义"了他自己。艺术家的光辉极其"自私"，甚至跟艺术都没关系。

财务自由不是自由的全部，是自由的艰难的浅滩式，不是绝望式。自由即眼下，你生命的感受和状态，不以金钱的多寡为转移。需要你自己的确认。财务上的自由是一个过程，生命自觉的自由是一个状态。

我的夜晚是咖啡色的。

窗外因雨而静。

童年是纸的，纸飞机，纸船，纸风筝，纸青蛙，千纸鹤。童年是木的，木剑、木盒子枪、木弹弓。童年是泥的，童年是人工的，也是自然的。

被侮辱与被损害的女人，她的身体就是她的墓志铭，她的眼神里站着她过去的亡魂。

现代人写古典格式的诗词很难逃离出"古典的云雾"，玩弄字句像便秘一样，仍然没有新意象。

撒哈拉，三毛的绿洲。

眼泪擦干，生活仍旧模糊。夜晚过去了，梦境空阔。黎明的窗角，一丝凉风，擦干的眼睛正迎风流泪着。

沉默的天空，酿造下一次雷鸣。

虎落平阳被犬欺的根源在于，平阳之犬见虎仍以虎自居，就欺它，也顺便沾点虎的心气。

予独爱人之出乡野而不泥，没草莽而不刁。

我的愚蠢是常规劝敌人向敌人自己投降。

木心的诗文是我的药引子。

我的笑点低，辱点更低。

一个熟悉的灵魂活在一具陌生的肉身，肉体调教肉体，精神干扰精神，跋涉无知的禁区，我拥抱她，成熟里塞满了苦痛，成熟祭奠天真，天真祭奠什么？我的诗句像潮水一样一遍一遍冲刷着海滩，遗留下什么，都是一次意外。

卑鄙的人都是相似的，高尚的人各有各的义举。

因为他是诗人，所以他爱《圣经》里的字句、叙事，喜欢耶稣，但一辈子不祷告，不礼拜，不聚会，日常生活中勤恳，谦卑，与邻为善，只在写诗的时候会发狂，嫉恶如仇，不过也就一句两句的事，很快静如止水，他写诗的眼神像在准备晚餐——他不是教徒，已是教徒。

我的高中时代像晚清民国，教科书像我的"救亡"，课外的书、音乐、电影像我的"启蒙"，然而，救亡没有压倒启蒙，后来我吃了一惊：彻底启蒙是最根本的救亡。

没有草木，山谷，街区，北方来的风会迷路。星球始终转动，人自由坠落，三百年了，我们魅惑自我。

诗人的最高学历是生活。

每年冬天是闻着去年的雪花残留的味道才寻过来的。

不要踏过露水，因为有过人夜哭。顾准就是在惨无人道的黑夜里歌哭人道主义的人。在真正的悲剧中，毁灭的不是英雄，而是歌队。理性的良药不仅苦，且火辣辣疼，冷静一下，虽然气温在上升。

把黑夜还给睡眠，把清晨还给鸟叫，把心魂还给肉身，把磨刀石还给夏天。

时间会让一切发芽，时间会让一切退位。

我常年生活，业余写诗。

一切没有方法论的认识论都是吹牛，一切没有认识论的方法论都是误打误撞。

刻舟求剑者，不是傻瓜，是幽默大师。

我们被隔离在四通八达的讯息大路上。

追忆过去，不是停滞眼下；一日三省，不是苛求自我——因为"倒放"都是自己对自己的"重读"。

残缺是想象的开始。

没有灵魂，人生薄如蝉翼。

我非常怕结识头衔比头发都多的人。

拥抱生活，相信爱。
寻找自己，敬畏天。

生活就是一块抹布，不是一面旗帜。

你的阳关道，正是我的独木桥。

我窝在家里写书，书印出来了，我和书一起窝在家里，半屋角的书，码得四四方方的。我码字、养猫，书印出来，猫没猫粮吃了。

阅读，就是我的夜生活。

我的青春不干脆，也不干净，白天竟日浑，夜晚澄澈一会儿就缓过来了。

你的肉身率领得了你的心魂么？

童年，牵肠挂肚式的回忆。

酷寒是冬天的态度，大雪是骄傲。

劈哲学之山救艺术之母，逃离逻辑，不误爱智慧。

爱的高浓度叫苦爱。勾兑，窖藏。一个勾兑的人怎么可能懂得一个精酿的人的滋味。

笑不等于幽默，幽默不是以笑不笑而立的，我这样写着已经很不幽默了。

伟大的进食是马牛羊吃草时的沉静。

老实人急了，就是跪着也要张嘴咬人的，他牙齿缝里塞着肉丝，嘴角流着血，慢慢站起来——双眼盈满泪水。

艺术家废寝忘食，火急火燎不好，烧死艺术，玩坏自身。或曰既是艺术家就已经没有自身了。

恶很知晓它的近邻，并耻笑近邻。

病中读纪德，症状消失了，读陀式，就连夜加重——以病练康健。

美貌，一旦自觉起来，便会招人失望，美貌醒走了。

福楼拜，我迟迟未拜。

伟大的诗篇里，仅仅名词，就很耀眼。

冷幽默暖场，冷幽默一出，众人笑，暖开了。幽默在"默主"那里应该是无声无息无色无相的，声息色相尽在"默客"脸上。

察言观色的童年，记忆像一件武器库。

甘和苦，称兄道弟。
悲和喜，亲如姊妹。
善与恶，情同手足。

天空之城的粮食，喂养大地之饥；云朵像一次偶合，与风相敬相爱。

自由是一种美德。自由的意味之一：一事无成，亦心满意足。

在我的记忆中，我是一直忧贫的。

寒风呼啸而过，你要来了，窗子都在欢迎。

连日阴雨天，衣架上的衣物比室内的主人更知道什么叫冷暖人间。

我与六经是在互注的路上遇见的。

我们追忆故人，只是在哀痛如今。

平静地活，不惊动生命里的故事。土地从来不惧荒凉，是人渐渐散尽为人的温度。生命从来都是炽热的，悲喜欢痛都是快感，不管有无方向，走是不能停的。

帕斯捷尔纳克的小说《日瓦戈医生》，是一封长信，写给极少数爱"我"的人，写给文明，偿还给文明的债务。

相信他人，然后，尽可能地相信自己。

《草叶集》，实在是诗集的名字。

"文化大革命"中，顾城读法布尔。虫鸣，鸟鸣，山泉声。遥远即诱惑，你抵达，她就又遥远了。

不要焦虑，不要痛苦，不要贪生怕死，很快就死了。

岛，想象的冰在躁动的胸腔里冒冷气。

我爱木心，如鱼得水般。

昨日已计划好九件事将今天填满，今天一根体温计穿透了所有的事。

伟大是合成的，平凡是实在的。

晚霞是天空脱离白日时的幻彩。更是迎接黑夜降临时的痉挛。

冬季的北京灰头土脸的，一场好雪下来，就暴露了她的"年龄"，浮现出许多旧事来。——"京城"或者"北平"的旧称呼之欲出。

没有立场，只有流量。只要流量来，什么立场都可以拿起来；流量去，什么立场又可以扔一边。

除夕、上元、清明、端午、七夕、中秋、重阳，名字个个端庄秀丽，俨然一派人间气象。

不与春天告别又怎会与春天重逢，希望冬天实在一些。

存在确定的"哪种人"吗？若存在，你说的——那种人，你献出的爱也是与之匹配的么？之后，她或他"不可分类的那部分"显现了，该怎么办？

据瘦削的元凤鸣回忆，她的肉身是凉的，自始至终，没有热起来。

对于爱，她无动于衷，没察觉呢；他已铭心刻骨，是长篇了。

都说家是避风港，我怎么感觉是暴风雨的策源地，如今的中国。

今时今世今人的视觉体积巨大无比，一睁眼就是刷就是看呀，眼睛都在，但目光呆滞，眼光全无。

生活的唯一是爱，然后热爱。

诗，不可以写得太满，瓜熟蒂落。

春天的芽，需要一场雪花。

人跟人之间，本来就是没"大"没"小"的。

眼下的戏码是，烈火烹油，一潭死水。

沉默够了的另一个极端就是：无知的喧嚣。

穿透迷雾重重，赤脚在路上，孩子点燃了蚂蚁，笑起来都像向日葵，一个个的。

所谓理想的生活，必须是一种自主选择。

天什么时候亮了？人什么时候醒来？昼夜温差很大，一部分人在黎明被绞杀。同志，要永远记得，追求自由者的报酬就是自由本身。

春天，北京的风忒大，难以进入平静状态。

无所事事的日子里，因阅读涂抹勾画而使光一根圆珠笔，心镇定下来。

她对人不挑剔，她只是挑剔爱。

大雪盖满铁轨，火车压过去，太阳初升，蒸汽车头冒着浓浓白烟。铁路沿线的小镇都醒了吗。

江河断流人散步，身贪权位心跑路。

麦子已经下种，十月吹起阵阵寒流。

莲叶水中风，竹叶映山泉，在石竹山上。

如果说"意义"，生命的意义在于密度，不在于长度。

在创作上，完成喜剧的虚脱是掏空，完成悲剧的虚脱是填充，是不一样的。

大谈文化的继承，好像在我们手里弄起来了似的，不是的。

疏离式的亲密关系，大约欧美；亲密式的疏离关系，很是中国。

你与社会脱节的方式就是刷视频。

不拖延，也不推脱——说了就做，或者只做不说，少思虑，凭直觉。

"老写自己的事是无耻的"，大家很难认真对待陀思妥耶夫斯基这句话。

人生不只是口腹的吃喝，且要心脑的玩乐。

沉默是土。

因为时间的存在，一切都在妥协中。

细节深处是河流。

喷薄、消遁，十六岁衣食无忧，为爱忧，灵魂中潜伏着一种根深蒂固的忧郁症。

一贫如洗是境遇问题，一贫辄乞是骨气问题。

在乡下，野草是干枯的在等雪天，月亮是清丽的在等人还，鸟雀是振飞的在等日暖，沿街的电线上，鸟是五线鸟，空气中传来鸣叫，树梢上，静，移动，停顿，交叉，鸟飞转，跳跃，清丽般五线谱奏响了。

二十四时至一百二十小时，失眠呈阶梯式上瘾，无数的清醒囤积在枕头上。

黄瓜切开后的清鲜溢满乡土人家。

她身子富丽，我堂皇探之，同时发现自己的枯竭，她对自己却从不挥霍。

人间本无苦愁怨，总因众生贪嗔痴。

自己的鼾声叫醒自己，正午的列车对沿途的站点，冷眼、静默，再没有随心所欲了，问题是随心所欲过吗，日日有所不成。

女孩先知先觉于男孩。

庸俗的去路也是一发不可收拾，举目无亲，然后六亲不认。

诗像梦呓 必是母语 诗人 必是母语的孩子

我在北运河西垂钓，保罗仰泳而过。

中华民族活在小说里，都是故事里的人，都是说故事的人。

一切都会浮出水面，别假装会水了。

着一袭绣满荣耀的衣衫步入失败的瓦砾之中。

最悲楚者，莫过于人不在了。

青春对生命来说，是一种暴力，是必经的淬炼，也陨亡的风险。

人的一生最幸运美妙的是找到对自己本身和对一切事物的理解的"表达"，挣脱孤独，在自由的路上，就是最小单位的反抗，就是最日常的解脱，哪怕正在做着刷盘子洗碗的工作。

中国是多事但不多元。但我相信"多"的事会把"元"给钓出来，一个一个一个一个叫多。

端着书，在太阳照耀下，树影落在书页上，人走动，光影就变幻着，阳光毒然空气凉，东北的秋天来临。

季节在树杪之上细碎闪光。

观己自省是修身的开始，也是结束。

"永恒"不是自然状态的本质，"一时"才是。

夏天，民族主义的春药在巴黎。

夏，在北运河岸 夜钓的人 养足了闲暇，也喂饱了蚊虫么。

每次播放左小祖咒耳朵都需要重新适应七分钟。

又是夏，夜雨洗涤溽热，时间收纳所有。

事物在阴沟里且自我陶醉，自然与阳光为敌。

去宿迁打印吧，无数片沉默的白纸与震颤的黑字失之交臂。碳粉洁身自好，店老板"不差钱"——他怕见"资料"。

华北平原的地平线是村西头的一条路走着三叔二大爷以及羊羔子他们被几棵树的四季遮没或分割。

平壤的大街上 空无一人 到处都是微笑的弗拉基米尔

肉眼观察不及的"精神世界"，以"故事的形式"存在。——"我"摘自《罗马帝国衰亡史》

回忆中海的气息是微弱的。

"人工智能"由来已久，大多数的不自由者对少数自由者来说不自由者就是维持社会运转的"人工智能"，他们靠"对以后日子的渴求"自我充电，耗过每一天。

修车修得累了吗，地铁都关门了。

靠计算而生的人工智能在人的研发下要学会算计吗。

写小说开不了头，写诗歌经常烂尾。

中国道家的阳刚是宇宙式的，儒家的阳刚是天地间的，佛家的阳刚是一身的革命。

做英雄，也是一己私欲。

风月桥桥断潮头潮打潮一朝一夕潮起潮落

时尚意味着陈旧，永恒不变的事物却焕发着新鲜气息。

所有的旅居，都是在体验一种生活的形式。

暴雨袭伏营，室外已凉透，室内仍闷蒸，湿漉漉的车轮盖不过大运河边阵阵蛙声蝉鸣。

天然的日常自赋神性与诗意。

每天的消息都是个大胖子。

晚霞叹息，朝霞声呼；一是陨落的裙带，一是光阴的破壳。暮色劳苦铺张，晨光醒目凝视；晚霞常在你我凡人的十字街头，朝霞一直在我们生命的计划中。

蠢动的火焰舔着春天，柳条。

时代不分配活路，只分配欲望。

你始终在一个"倾向"中。

信任少，幸福寥。

和煦的晚风在一切的周围盘旋。

任何一幅画作、一尊雕像或者几句精炼的描摹都不足以"看见"所表示的古人。永远的谜。永远在猜。永远在补充与想象中落于空虚。

一切金科玉律的"圣语""箴言"，或许就是偶然得知的念头落实成了如今典籍上的几个字。

会冥思苦想七十年吗。

风筝缀满天空，大大小小，样式百般，太远的已成彩色斑点。

挣够了钱就自由了的想法是最不自由的。

靠计算而生的人工智能在人的研发下要学会算计么？

缘分是天成，人工经常制造骗局。

一路追捧的乐队已经十周年、二十周年的办纪念了，我也已走过而立之年。

最大的沉默 是无始无终无时无刻不在震耳欲聋的喧嚣与热闹。

冲自然不必发问，自然不奉告答案。

声音是人的全部。是私密的本质。是灵的。

他们饮燕京，我饮尼采，他们丧清醒，我也沉醉，他们与我不是对立，而是平行，只不过我来自身体的肠胃平静极了。

直觉是节约的思考，思考是"揉"直觉。

我为了许多什么活着 唯独我不为我——反是为我。

晚在皖风中重逢婉约人
香驻湘江边又遇羁旅客

风景如诗如画，是文字的"执妄"。

"旅游"加了"文化"就是文旅了，事先的路线与环节以此形成不同的套餐，一拨人又一拨人去"购"，然后完成消费——实在是"旅八股"。偶然，个体内心的观察与体会，才会形成真实的"文旅"，至多是几个互相熟识的人伙起来去奔赴。

在平静的日子里，一室之内，我最大的变动、抖动、震动，都发生在书桌上。书桌是最不平静之处。

失信，是一种对彼此的双重内耗。

本事不大的父亲留给孩子最好的财产是"鼓励的记忆"。

我阅读，是农耕民族的撒种子，不是游牧民族的"跑马"。

盈盈雪花是北方的冬天在织毛活。

谁带谁坑谁玩谁。

蓝天白云鸟飞过，雪花落叶小河，夕阳红萧瑟，曼妙起雾夜色。

松年戒挽留。

二十郎当岁的时候，写下以"流浪"为主题的"诗"，什么"孤寂中的浪漫"，"风餐露宿的暖意"，"四海为家的归宿"，"客他乡""物是人非是他的过客，他是物是人非的过客。""执掌烟火""脚后跟的路""流浪者的流浪只带自己""心无累赘，空气一样。""山是青的水是绿的，知道不会永恒。""时间的垂泣""心一样跳像血一样流,生命只是一条路"——如今读来，浪不忍睹，轻贱愚蠢极了。简直是头脑好像发达，肉身的确孱弱式的想象之文字。

我在长途列车上，天南海北地没有自由，周云蓬式密集的火车记忆。

青春春游青春又一春。

我心忘矣，绵雨丝丝。

大酒如梦令，一人半夜三更。

初恋者人格都是纯真的，燕青是，也包括李逵。

北方寒，南国绿不减，大兴泸州一日还，去下冬装把秋衣换。

如果你我无意相逢，彼此务要自携珍重。天涯道路咫尺永隔，敢问你别来好过么。

为不艺术而艺术。

任何艺术形式的存在都是我们所谓现实的现实。

个人的自杀是漫长的。

生活不要太多东西，人间无处寄存，命运的安排都非常动人。

春天掘墓，冬日缔造。

人心要爱时，愚蠢和贪婪都跟了出来。

我在地上观云 分明 是天的风筝。

我不感兴趣的事物在玩命生长。

如今的中国人切身切心日日温习鲁迅——鲁迅的文稿放在今天，字迹未干般鲜活。

最美的花朵是未曾被任何人看见就已凋落的。

硬汉，我一直不喜欢的形象。

把苦分下去。

朴素的一张张横店脸内心都存了一颗以梦想的名义的功利之心：我要红。

艺术家是敏于童年的人。

超市堂皇，健全而乏味；集市熙攘，十里八乡色香味。

据变化而计划之。

春风是春天在梳头，梳着梳着，苍翠坠撒大地，没羞没臊。

"声无哀乐"，声也没有吉凶。

明天照样会有谎言。

一般人隐居在乡间，在海边，在山上，是一件最为庸俗的举动，"因为你随时可以退隐到你自己心里去"——我赞同奥勒留皇帝的观察：隐居在自己身上。

爱吧，一种自我实现。

人人住在失乐园。

十五世纪的敲钟人，在濒临绝境时仍居高临下。

直觉胜概念，然，直觉亦概念。

南腔北调的人熙熙攘攘在大街小巷的语调五线谱上。

写不了口气很大的诗句，就是好像仅仅在"几行"字里行间都要波澜壮阔，都必须鼓与呼、呐且喊，请愿似的。

去找寻吧，像孩子一样纯真，像海盗一样坚决，不是去寻找意义，是寻找帆，不是寻找岸。

一些人在外头晃悠，一些人在里头死守，光怪陆离之城，在梦里是一座安静。

伏案的身影像一滴浓墨。

风筝断了线,男孩疼得好像春风也断了,断了什么呢——是告别的童年。

那诗人只藏在诗句里哭悼与恋念——我的成年垂钓我的童年。

任何辞典里，再生僻再难理解的字词，一定是有解的，因为任何字词第一次造出来，就是为了应对一个实实在在的物件或状态或什么。

星座是暧昧的琢磨，星空是确凿的事实。

冬至读春秋，夜长梦却短。

时光不会抚摸尘埃，是尘埃自会清除，是远处的石子，将时光抛锚。

千载泸州壶中物,故友新知初味尝。长江接过沱江去,半壁江山酒浓香。

严寒望早春，鸡鸣人犹梦。

群鸟归林人独外，夜吹东坡鬼不声。

初日逢雨水
暖冬过后是春寒
故园又十年

我爱集体，不爱集体活动，可是集体总爱集体活动，我不爱集体了。

人对动植物的宠幸，是人对人的失望。

我认为所谓进步，就是好几代人死完了，死干净，且要良好的遗传；

就是因为老皮不退，才不好焕新，人，民族，国家都裹着老皮，厚且硬，非常顽固，"死"人是决断的、必须的。令人沮丧的是：太多老而不死是为贼的人，或死了也阴魂不散的顽疾，熏染后人，贻害无穷。

禅宗公案其实都是私案，是一对一式教学的"私相授受"，只针对你，是私法，不是一般公式。然而，禅宗思维是普世的。

义人、恶人都需要睡眠，一下子我就放心许多。

空有一头脑智识，浑身没一丝勇气，挨锤的知识分子。

人大都是一棵草起，一棵草殁。没有见树。

生活是什么，似乎一刻没有停过，也一刻没有好过。

对于一个走投无路的人来说，指给他一条冒险之路，或许激活一位英雄。

病去呻吟在。

"人是走向死亡的存在者。"年轻人应该谈论死亡，像呼吸一样自在放松。

今天已昨天，北岛古来稀。

我都安排妥了，我的精神先于我的肉体跟死亡接洽。

与故知久别重逢和与宿敌久别重逢，我心都狂跳。

我好软弱，以至于将一两片慈悲从昨夜折叠到今夜。

什么是幸福，人走在桥上。

文学家里一定有魔鬼，因为，文学里有魔鬼。我知道孙仰中先生会莞尔一笑，然后一笑而过。

一年之计在于春，一春之计在于寒。一天之计在于晨，一晨之计在于醒。一醒之计在于睡，一睡之计在于梦、在于春、在于无鬼。

从秋冬之间的缝隙里飞出，往秋里飞，回不去了，往冬里飞，飞不过去。于是，飞入寻常百姓家——换季虫。

我们的文化正处在"往下掉"的时代，居然四处都是狂欢的掌声，或者干脆就沉默。

一生所梦都不及马尔克斯一页所书。

热带气旋利奇马过境狂暴如许也不如"时间的过境"。

七月十五改王建《十五夜望月寄杜郎中》一句：今夜月明鬼尽望，不知灰马立谁家。

日子都杂碎了，没有纯粹也得咽下去，像吞药丸一样。

上帝派下一个圣人时，也必派下一个魔鬼——圣人和魔鬼会不是同一个吗。

无论怎么敝陋萧条的住处，只要热水足够，我就可以活下来。冬天里打一盆热水泡脚，脸上后背都是小心翼翼的舒展。冷得我都想把手脚砍下来一直放在热水盆里。睡时，一双干净脚；醒来，一颗纯净心。

"果子一烂，就此烂下去。"人不要像果子一样。

一个人试探的直接，另一个人拒绝的干脆，凉透，才会热起来。

权力最怕笑声，不怕枪声。

十四亿国民，一个一个的人忽然群集、忽然溃散，没有"个人"。

人哪里就能无所回忆——我对你的爱，如鲠在心。

人笨起来，就得由他笨——笨，都是不连贯的。

故乡锁住了你，不，是你锁住了记忆。

知我者，无需"谓我心忧"；不知我者，何必"谓我何求"。

好放松、好庆幸，像二战士兵凯旋后第一次在家国午睡醒来。

宇宙是形式，人生是内容，形式决定内容——内容是：人生也是"一个形式"。

人生就是一场滑稽戏，你越是严肃，就越是滑稽。义正辞严，乏味极了。

我所迷恋的时代里，没有我；有我的时代里，我没有迷恋；我不要做时代的"缩影"，我与时代互不承认。

乌烟瘴气，声色犬马，大呼小叫，坑蒙拐骗，哀鸿遍野，狭隘自大——
我们的此岸。

人生应该如戏否？我不知道。人如戏子，我确知——且无粉墨，不登场，

举杯邀狐鬼，对影吻柳泉。

现代人"知道"什么太容易了，但现代人都不知"道"了。

每个男人都会犯错，就像每个男人都会尿手上一次。

人要洗脸，自觉尊严在，然"卑贱"和"低下"也蹬鼻子上脸——由此见，
脸不止要洗。

故乡不起楼，村雨欲来风也满，满街，满院，满裤腿，满枝头。

在这个好像开放的时代，我甘做保守的人。

"不需要同情，奈带奈蔼——而是爱。"受纪德教诲，人要各自去处理
各自的生活。

一个二流的文艺青年"下海"会暴露一流的贪婪、油滑、狠毒。

人容易对人生爱，生厌，生我执。

命运，一针见血般敲门。

手无缚鸡之力的知识分子落井下石起来总是手脚麻利。

危言不必耸着听。

人在多大程度上思考，就在多大程度上产生疏离。人跟人，人跟上帝，都如此。

走在错误的路上我一样步履稳健。

一个无神论者终生实践"诸恶莫作，众善奉行"。上帝会拿他怎样？

一个礼拜的读书安排：三天周豫才，四天胡适之——时日即评价。

野心鸣入夜，欲望起鼾声。

草色嫩，柳鹅黄，枝头鸟鸣翠，东君无秘密。

大明湖春雨绵绵，小得不好意思打伞。

我不迎合潮流，也不反潮流，我在潮流之外。跟不上就不上罢，错过了就错过好了。

不要觉得现在的日子可以这样天长地久地过下去。这样着，这样着，就没了，幸福没了，麻木也没了。

动物一叫就醒了，人不是。所以，关人的铁屋子要比关动物的铁笼子要铁得多得多得多。

大欲，小得，滋味深，意味远。

除了黑色、黄色，幽默足够色彩斑斓，请查收。

"信靠的人必不着急。"——只是摘引，幸福的摘引。

我笔直地走向反对派，雄赳赳气昂昂。

光明磊落的快乐是气球一样的快乐，二十五岁以后，我结束了我的"光明"和"磊落"，但我仍"快乐"，像铅球一样的快乐。

我"坚持"四处挣钱，去投机取巧，或者我"坚持"淡泊名利，与世无争——对不起，只要是"坚持"都是功利主义，都是为了换回什么。

守住个人，守住孤独，不要声张，丧钟敲过来了，不悲凉。

连穷凶极恶的人也慢慢会交上"朋友"。

欲望的集结，沉默、凶狠，在一室之内，在人群攒动的街头。

昨夜梦猛虎，我杀之。

一张无欲无求的脸永远无法长在人头上。

竟日沉浸在精神里，多闷气，多寂寞。

每一个民族都在内心起造过一座"巴别塔"。

千万匹白驹过隙后，灰色马如约（不约之约）而至。

本该轻松自在的年轻人如今负重如牛马，不堪重负时牛马变鸡鸭。

夜以铺张，谢绝浪费。

幽默不在七情六欲内，幽默底下是松了绑、放了风的七情六欲。

嫉妒实在是人心的脚气，它起心动念时，又痛苦又痛快。

回忆我的学生时代，台上的人以为在播种，台下的我颗粒无收，荒地般脑子里杂草丛生。

我站在一匹马的脖子下告诫、哀求，尼采般温度。

十三岁的我希望球鞋一直是白色的。

昨夜我有一本的博尔赫斯，今晚只剩一页了。

如果我的脑袋是一块木头，在愚笨中发芽。

一朵朵荷花，圣洁像哀乐。

此地荒无，人烟在。百年孤寂，只有邮车时往来。

没有细节，生活会像贫血一样。

漫长的夏日，海滩像下饺子——海鸥、人、太阳伞。

雪白的盘子使久了，沾满了生活的污渍。

秋天的长空像布，蓝底朵朵白云，分外蓝白格外秋。

我在无法置换的命运中，轮换着想象过生活。

我无法表述所有的夜晚，生命只在半夜三更时。

精神不党，精神不需要团伙。

久等报应不如即刻报复。

我们巨大无形的苦难是日复一日的日常。

童话里没有婚后生活，七年之痒。

霞光是午夜欢宴的桌布。

雪白的牙齿咬在黝黑的肩膀上。

在诗歌里表达忠贞炽烈的爱是始终处于将要失恋的状态。

走短途易迷路，像读短篇小说时。

聂鲁达诗名大，我对诗人的印象是他的身体好福气，脸盘头脑像导演希区柯克。

天堂地狱不是水火不容而是如胶似漆般媾和着爱。

你太丰富了，需要我永远去追求，永远去感受，爱没有一劳永逸。

无论什么关系，人与人，亲爱不在佳节，在日常，如果日常是灰色的，佳节才需要强调一下。

很多人一辈子都在逃逸，无奈人世没有"外面"。

莲，垂柳，蝉鸣声，北方七月，暴雨之后河岸，鱼腥味拌风里，雨湿的泥土味也加入。

孔子说，谁想要休息，去死就好了。

一肚子做人道理的人令人警觉。

照本宣科——罪不在"宣"而在"本"。

于四季，动物敏感，植物更敏感，只是人对植物钝感。

你妄想改变父母的认知时却是你正在以父母的认知去认知父母了。

最失败的旅行就是钱带得太充足，见识捉襟见肘。

一些传统它草蛇灰线改头换面来过且不依不饶

在台上，郭德纲是酒，于谦是茶；在台下，郭德纲是茶，于谦直接喝酒去了。

一些聪明是必须愚蠢过之后才开始的。

冷酷孤绝，诗教也。

金钱掣肘我，派来好多只手，熙熙攘攘你来我往的。

我嗜静如命——静，一种药。

天下事多是你来我往，"来下"的是落败吗？"往去"的是要赢取的吗？

我将我据为己有。

北岛，八十年代的未亡人。

没几个没来的未来了，记忆也在压缩中。

痛苦之井，凿透了，也是幸福的源泉。一早破执，一日清通。

诗神无精打采我，我只好继续东拼西凑，北往南来。

文字中，海风在吹动，人生是因，文以载欲。

国学近乎妖——王小波判断。

雪覆盖大地、楼宇、松，裹在一朵桃花上。

我信仰肉身——劳筋骨是我的主食，炼精神是我的零食。

我只在一棵树身上见四季。

天打雷劈式的镇静自若，今日起雨雪霏霏起来。

生活中的小事呀，顺遂了，乐趣无穷；卡壳了，心烦意乱，苍蝇嗡鸣般的抓狂。

不要被蒙在鼓里且赞美鼓声。

病是你的离合器。

灵明者无为即修行。

每一只猫的一生都是康德式的一生。

知足也不必常乐，然，必会常乐。

书店里的一些书，除了死沉，一无是处。

你是如山的女神，我走向你，如临深渊。

四季的风都不谄媚，传入我耳朵的音乐都被我亲吻过。

在宇宙眼里，人类从未有过什么创造，甚至从未发生过，宇宙记忆不起来人类。

扑朔迷离总是一种浅。

搬家是一次消耗，但也是一种重塑——要保持雕像的权利。

鲁迅先生为什么抄古碑？——民国式躺平

在太极广场阅读阳光，老人和小孩都在台阶上，永年县冬。

下坡危险上坡难，如履平地心不甘。

你是我的甲戌本。

我想去一些冷的地方——那样"取暖"便是我生活的方向。

我不是在"教养"中长大的，我是放养在农村，不受教养。

在乡村，孩子是大人的精神生活。为了孩子，他们劳苦、"卖命"、欠债，就为了一句"大家都如此"和一句"从来都如此"。

大都市男女和陌生人在地铁上拥挤，和线上的人在社交软件里拥抱。

皮鞋脏了，显狼狈；球鞋破了，青涩的活泼；布鞋旧了，褪扭，癫憨——月是故乡明。

我要承包你的快乐。

相信吧，一个没有权力的人"道德败坏"也败坏不到哪儿去。

以结婚为目的的谈恋爱才是要流氓。

四十岁后，婴儿般的睡眠，清淡的饮食，顺畅的屎，清冽的尿，自在、轻松、规律的活动，一份工作、几个热爱，钱够，人安静。

早已踟蹰停滞的人才会说"走一步算一步"。

松松紧紧的管束比暴风骤雨式的折磨更能毁人。

误，是无心；曲，是故意。

他寂寞，她也寂寞；它寂寞，祂也寂寞。

卑污的心像反穿的袜子，日不见，夜刺眼。

分身欲是欢喜，孤身欲是庄严。

观念是一种染色体。

果子熟透，易腐坏；人熟透，易巫；文化熟透，易闷气。

农人家的心肠，卑微的大气。

理会万物哦，诗人，诗意不论大小，论丝毫。

人工刀宰割自然时，钝伤人。

敌灭即胜利吗？仇恨只会毁灭自己。

爱就该直白，直白了，就大胆苦痛了。

靠他人故事励志？励志的垫脚石会掀翻你的"志"。

翻开一部小说，我看见文学家的手在字里行间来回穿梭，像织布机一样。

眼皮像窗帘一样打开，梦就蒸发。

夏日乡间，我闻见人家炊烟，也闻见动物尸臭。

什么都不如自由，我只能长在水的源头，陈佩斯如是说。

雨停了，伞在雨中，人在伞下。

海来阿木的歌声震颤着车票。

未经消化的思索，越觉深刻，拉稀越多。

走失的孩子呀，妈妈总能在高处寻见——除非库斯图里卡喊"咔"。

当你相信永恒本身，而不是其他具体的事物时，那么，你将不必再留心死亡。

我不社会化，我疯了，我不是另一个。

人众多的"高级名目"下掩藏着丰厚的低级动力，爱是欲望发酵时的援引。

在村庄的东半部活着两头胖子，他们喜欢玩蚂蚁，蚂蚁急了就会变成蚂蜂，蚂蜂会以我蜂蜇人自身亡的精神去群集，够吃，太胖了。

小区树叶呼吸均匀，静止。下午属于汉隶。事物在它们内部呼喊，我走过拥抱以示听见。清风吹昏散，"应无所住而生其心"。

每个人在欲望的极权下，活着，死着。

人生有太多相对的，黑色是根稻草，黑色是绝对的颜色。

一群的虚妄游荡四处，昨夜统统赶上绝望专列，今天一切告以终结，没不好意思，后会无期。

月光在颓丧的屋宇里，一样光辉寂照。

抵近五十岁时，我幻想在哲学园长驱直入。

命运不会放过任何人，时间放走了许多人——事实上"我们能所悔过的"，极少极少。

观物的逻辑：人观虫，神观人，一定有更大的存在。

钓鱼的时候，我捧一本内页夹了一注双色球的《草叶集》。

好一个马路俏佳人……好几个了。

一切都可以成为垫脚石是权力欲熏心的人的"价值观"。

除了考博，我还可以写小说，三十六岁的山影不大不小摇晃着。

我嗜烟喜酒，烟酒里的哲学气氛早已被打压干净了。

晚霞铺满西边、头顶，颜色像天空过敏了。

哲学告诉你"人生不必指南"。

狗屎冻实了也是狗屎，石头砸碎了仍是石头。鲜花凋零，晚霞散淡，鬼魅魍魉，一成不变。

喜乐，自在，块然如山石。

虽不温不火，然不急不躁。

第三辑　杂感

再说一次，相信血肉之躯吧

譬如在通往灵魂道路上的血肉之躯

血肉之躯吃炒菜，喜自然

时间会允许吗

家畜之死

死到临头，牛、羊叫声都不失态，牛甚至以一贯的沉默"接受"；鸡、鸭、鹅、狗、猪，擒拿的时候就急了，鸡飞狗跳、鸭呱鹅嘎，要动刀了，鸡鸭鹅就地扑打翅膀，飞几根毛，也就老实交代清楚；杀狗，我没见过，只见过吃狗肉的人；猪最清楚死，日子到了，且哀号着，五六个劳力齐上阵，一刀子照脖子攮入，头下的大白瓷盆中立刻血满，猪喘息着，像吃撑了一样，慢慢困了，血腥味散开，围观的人围紧了，笑起来，它也就醒不过来了。中国人际关系式"社会哲学"常言"卸磨杀驴"，至于杀驴，我没见过，听说先拿一把大铁锤敲驴脑袋，好像是一针麻药，然后就任由处置。我只见过死到临头的驴。小县城的一条深巷子里，一户人家常年卖自杀自煮的驴肉——一天，我见巷口停下一辆围栏货车，车上站着四头驴，驾驶室下来一个人，巷子里迎来一个人，两个人一句话不说，一头头驴赶下车，我注意了，车厢内驴的屎尿味——恐惧也是一种反抗吗？此后几天我只是偶尔听见一两声驴叫，声音一点都不惨，静静的巷子来几声，很悠长似的——不过几日，一辆小三轮车蹬出巷口，热气腾腾的驴肉卖起来了，我路过时，香啊。

大　坑

在我小时候，没见过溪流，更没有见过大江大河大海，只见过大坑，庄上一南　北各一个，一个深大，一个浅小，水都是绿的，水下摇晃着草，炎夏下坑洗澡，常常踩着死猫死狗，当时也怕，第二天却照洗不误；一次我私自下坑抓鳝鱼，被父亲踢了一脚，论脚力，我应该尿出来；扭头一看是父亲，憋回去了。"坑里"洗澡过后，其实更脏了，一股腥味飘着，在胳膊的皮肤上，在没干的头发上。洗澡洗醉了，夏日又昼长，就忘了天光，手脚起皱发白，我们这边的人叫都洗"膀"了，嘴唇犯青，眼珠子通红，这就是要捱捺的节奏。夏天雨水多的年头，两个坑就吓人了，所谓"坑水暴涨"，水如果继续漫上来，就会冲淹至坑沿处人家的后墙根，日常下坑的小缓坡也不见了。冒险下坑，一不留神脚底一滑，忽然整个身体好像腾空了一样，两只手扑腾着，除了水，什么都抓不住，谁能抓得住谁呀？！心突突的，喊不出声，只记得使劲儿往上蹬腿儿，濒临死亡的恐惧和侥幸脱险得救都在一瞬间完成了。我亲历过，至今只有我一个人知道。

文艺传染病

诗和远方，泛滥了，传染成一种心态。但为什么"心向往之"，又可以安安稳稳苟且脚下和眼下？——因为诗的意义就在于漂浮于现实之上，自然大幻象大想象大象征以外，是连着现实感的；远方的意义也只在于"心向往之"，而不在于奔赴，不在于实践，不在于千万人去终南山隐居，造成一种压迫，就好像平凡生活就庸俗了，只有隐居才是觉悟，这是不对的。一种事物再好，一旦形成一种气候，强迫的气候，焦虑的气候也是不好的，是需要警惕的；就是说，一些事物、一些价值本身没有好坏对错，游走人间，安稳一处，都好，寻求人生的刺激，尝试各种新鲜感，匠人精神，一生只做一件事，都好，关键你是什么，是你，适合你，就接受，你没接受的，也要"接受存在"。站在自己价值台面上，瞅他人价值台面上的欢宴和舞裙，也会感动。我一贯抱持的是在我判断和认识里我接受认可的，我不认可的，他人尽管实践去。

关于诗歌，我的一些成熟看法

没有生活，没有诗意；没有诗人，没有诗歌。

我不相信纯粹想象的诗意。我也不认可只靠想象力的诗人。

　　我写的诗很少是意象的堆积，词汇的积累，我偏好叙事，我必须看见画面，才可以品尝判断"彼时"是否具备诗意，这跟我学影像非常有关系，电影的诗意，甚至诗电影，就是镜头，就是故事段落，空镜头也是一个完整清晰的画面。

　　诗歌，押韵太容易，诚恳却难，押韵一学就会，诚恳学不会，或不必去学。一些诗人因为要押韵，结果离自己越来越远，还以为"到了"呢。

　　写诗像调酒，写散文像洗菜，真正的烹饪是创造小说，是一桌子菜，头尾，火候，组合。

　　诗人写诗歌是走向沉静，不应该是走向狂傲。

　　散文，就是要干净。

　　小说，五味杂陈，天南海北，冷热兼备。

　　中国诗人的福音不在彼岸，在自然。

　　古代人写诗是日常的，与个人生活息息相关，客居在外，远游路上，送别，宴请，祝寿，独处，现代诗太想象，太专业，太发表了。

　　通透的识见太少了。

　　夹生的诗歌太多了。

　　诗意是人生出来的，生死，离乱，节令，愁苦，欢喜等。

　　现代诗的诗意，好像更多是写出来、韵出来的，下笔即必押一个韵，选一个字"韵"起来，越韵越多。

　　诗意的两种可能：一是事物离开它自身，二是事物回归它自身。

　　诗，是唯一被背叛的对象

　　诗人是背叛者

　　诗被脱掉裤子

诗人做起华服

诗被冷落了

诗人在推杯换盏，鱼肉文字。

诗，一种是明确对象的，所谓抨击、揭露、批判，或者讽刺等。另一种是没有明确对象的，是对永恒事物的一种表达。明确的对象会消失，诗跟不跟着消失？

爱　论

骨肉亲是血缘，不是契约；婚姻是契约，不是血缘；男欢女爱既不是血缘，也不是契约，是两个孤独的傻子一块"认真"的一段时光。爱不讲条件，不讲砝码，爱来爱去，忘了谁是谁。

人的恨比爱隐私。永恒之爱，分阶段的爱，悲喜像物候一样。爱在梦醒时分。

人的大幸福是，一生能和自己的爱好及爱人在一起。

贪心爱你，赤脚读书。

人生多有不实，多有不成全，但发生了，却又如此真切，缺失与虚无同在，仿佛针扎了一下，仿佛一记闷棍，看见雾中风景。爱我心无旁骛的人和事，那通往生活之路的行程，别无他途。

没有与你相遇的时候，我是自己的孤儿，你来了，我是你的人间弃子。

爱，互相传染。凡俗众生以为百毒不侵，实际早已病入膏肓，自己传染自己，尽是不治之人。像误诊一样的认错人太常见了。知与爱，刻骨之痛，谁都不比谁经验丰。很重要的教诲是，好个机械复制时代和看似互通无碍的现代人事，忠诚一人，实在太难。猛然念及我老家故园的大黄狗都走失七年了，我也正默默走失自己。

如果一个人打动了我，光看到她的名字，甚至读到带她名字的句子，我心跳都会波动，泛起莫名的幸福感——肉麻而奢侈的心动经验。

春天芬芬芳芳，我们没有结束。喜欢人不犯法但犯糊涂。你去哪儿？我哪儿去呢？——顾城式的追问路上在激流岛。

你可以捅我一刀，但必须由你给我包扎。

我把吻印在你的眼睑。

我们之间不需要想太多，我晒太阳怎么没遇见你。

目无旁人，心无旁骛爱你时。

念及一人，一悲然后一喜，想必是爱了。悲，是失落感，不是痛苦；喜，是欣慰感，不是欢乐。印象纷纷如雪片，厚厚的一层秘密在暗夜中堆积如山，无暇顾及昼伏夜出的寒气，暖意伏心头。

双重困顿

每个人都是一团困顿。对于个人来说，精神困顿远不如肉体衰退来得凶猛不仁，因为精神困顿就像人的河流，不舍昼夜，流过去就好了。然而肉体的问题，隐秘如肉欲，显而如身疲，小则一口饭一口水，大则病魔与死亡，以上也不舍昼夜，问题的解决就是肉体的陨落，也就是死，它不是像精神困顿的河水，流过去就完了，而是河床河岸河本身的消失，才告终结。自然，大多数人都是忍受精神的困顿之水流过去一拨又一拨，干等着死亡收走河床河岸。也有忍受不了精神之水的，干脆自行收走，即加缪申述的"人类真正严肃的唯一的哲学问题：自杀。"难道没有人在河床河岸收走之时，解决掉精神困顿问题的吗？不同角色的人类尝试了太多途径：巫。宗教。哲学。艺术。人的理性。大麻。文学。抖音等——从苏格拉底到消费主义，是的，人类今天早已走到拿解决肉体困顿的"物"（消费主义）去妄想解决掉精神困顿的"质"，事情没有结束，不过可以下判断了：终究是一场徒劳。

因为加缪又申述过，"重要的不是治愈，而是带着病痛活下去。"

对于整体而言，以上诸般"徒劳"都是人类整体的修行，无声无息，无休无止，就像你在博物馆瞅见一尊石雕，汉代的，凿刻它的人的肉体早已经灰飞烟灭，一下一下地敲打，两千年后如此这样留下来，这是汉代的他们（无名工匠）拿肉体的衰退去解决精神困顿的遗存物吗？也许是不干活，就被杀头的无奈之举，也许他干得非常快乐。

母语与表达

一个作家如果没有自己的语言，就是灾难，必须入窄门，才能脱生呀。语言找不到，叙事、达意、思想，一切免谈。维特根斯坦一定会心我的话。短暂的教员工作因要批改作业，让我了解到，我不得不说，这代人的国语表达和国语思维彻底废了。痛极，不勤学不苦练，此是恶果，也是报应。都晓得勤学苦练这四个字，所谓勤学，即不断做加法，汲取，大口吃食；所谓苦练，即不停反刍，回味，大脑过滤。勤学是为补拙，苦练是为蜕变。

我所胡乱写的东西——其实我并没写出过任何像样的东西，不过零零碎碎，总算可以读见，仔细想想，一是因为不能全忘却，过去的人事，过去且醒来的梦，像鲁迅写《呐喊》的自序一样，因由就是不能全忘却；二是因为心里还存着愤怒，这愤怒长久且无辜，看见不平就想抱打，看见荒谬就立刻口下无情，活着的人和人的活着都有麻烦，我只是不愿看见欺骗和侮辱。三是我想干净地码字以此抵挡我生活中不断的腐败和平庸。

带一把伞去旅行

带一把伞去旅行比带一本书去旅行更书卷气，英国人，彬彬绅士，一把长腿黑伞像他的另一条腿一样收放自如，文明得好像根本没有下雨这回事了。女士举伞，不宜阔大，灵巧如一根眉笔，夏日时，伞就是女人的隐藏的化妆品；大了去说，女人端庄起来，举止言行都是珍重，妩媚起来，一拿一放都像在装扮。现代中国人手里的伞都是救命伞，就是都市女孩手捏遮阳伞，也不是那回事儿，太扭捏，太着急，她自己不觉得如何，她手里的伞却早就不好意思了，忽然下起雨来，伞下的人才好看起来。我一出门必抽一把伞塞进包的外兜，但从来想不到用它，一下雨，小，我就正常迈步如常走在日光下，暴雨，我就飞奔，就像一条丧家狗。伞是伞，我是我，雨是雨，云卷云舒，天地一声惊雷。

反鸡汤不反心灵

我从不写心灵鸡汤式的句子，爱喝心灵鸡汤的人，一定营养不良。我的句子是路边草，野生的，难啃，难消化，是思想的放养，吃不惯的会不消化。所以过惯喂养日子的人请走开。如果你生活的坐标一段一段都是"他人的刻度"和"社会的准星"，那么，你生命的曲线一旦成形，绝不是灵动的，一定是僵硬的，绝不是起伏的，一定是庸缓的。我套用法国人卢梭的一句名言，我认为"人生而为野兽，却无往不在驯服之中"，我承认这驯服（所谓"个人进化"），但我绝不认"谁"的驯服，这驯服一定得自我完成。所谓教养与识见，是靠自尊一步一层立起来的。所谓"拿得起，放得下"——只是说说的人一定拿不起，也放不下，非常可怜。工作，琐事，他人的判断与猜度，都不可以拴住你。默默做自己，体面与洒脱必须是有一层厚厚的心智垫底的，否则，流于滑稽了。我们太在意人的眼，而忘却"我"的心。

没有游历，就没有生活

我近来一直在读《我的一生》，是安徒生的回忆录。插图珍藏本，厚厚的如早年盖房的青砖。几乎全世界的人都知道安徒生笔下的童话，我不晓得有多少人知道他自己人生的童话故事？他出身贫苦，14 岁就离乡去闯荡哥本哈根，此后的人生，简直堪称一部北欧屌丝的逆袭史，个人的梦数次被悲惨的现实叫醒，最终硬是靠着"童话"让世人铭记他。下午时候，我读到安徒生游欧洲的章节，"没有游历，就没有生活"，"游历就是我的至爱"：我独居一室，一日内辗转几本书之间，好像也在"游历"，快活地变身。安徒生在贫民窟中长大，我也是乡下野小子，在这个下午，在这个不童话的年岁，我和安徒生"邂逅的感觉"像"他乡遇故知"——他的游历是一次次漫长的追寻，然后停留。我的翻书，也是停留，好像也在追寻，只是我手头没有护照，身下不是马车。我有一只大海豹，游弋在浅水处，湿我目、暖我心、伴我读、爱我人。

一封辞职信

一封自带极简主义和浪漫语气的辞职信"世界那么大，我想去看看"火了——大家都转起来，一夜之间：好像大家也都觉得世界那么"大"，都想去"看看"了。

这封辞职信，我看了以后并不觉得世界就大了。拿一封辞职信聊嗨了，我认为，不过是互联网时代下集体的"意淫"，对生活另一种妥协的艺术。我们一如既往地靠想象来证明自己的不诚实。女教师的辞职信写得这样"诗意"和"干脆"，只是她个人的意义，我们只有干犒，反证了自己的可怜。而且，我大胆猜测，这位女教员绝不是教语文的，据我所知，语文教员是最无诗意的，也不需要诗意，只会手捧教材念课文，手捧试卷念答案罢了。

于是，各路网友又开始美化旅行，仿佛都动了辞职的念头，好像马上就可以甩给领导一纸辞书，走了。我深知这灾难性的想法根本就只是一个想法，毕竟饭碗要紧。谈起生存，没人是傻子，谈起诗意，大家后退一步，傻子就孤零零站着了。工作不好找，辞职需谨慎。我们为了肚子，成功收了心，阉了远行的割。另外，就像一朋友说，"康德一生就在一个小镇，却拥有了全部的自由。"这句话大有深意，谁说说都可以，说说而已，关键是心智。我们心智不熟，才会做虚妄的议论。

读张爱玲的散文

最近，除了蒙田，也读张爱玲的散文，她的小说非常细繁，读起来不轻松，散文却叫我放不下来。张爱玲的散文写得好，举重若轻、通透、松弛、幽默——是写小说间歇时的小憩吗？我对所有自称"张迷"的人保持距离，尤其读了她的小说就自以为"懂得"了张爱玲的人——大部分是男的，包括胡兰成。写散文的张爱玲是活的，写小说的张爱玲被人谈论的早"死"了，曝露在学术的走廊里，披藏在小资文艺的卧室内。说回散文，文学家的小说和文学家不亲，散文不一样，散文里都是文学家的性情、喜好、脾气，喝茶谈天似的轻松——张爱玲，"活生生"了。小说是创造新世界，散文都是感"此"故意长。幸亏张爱玲是一位高个儿民国女子，以张小姐的孤傲，难以想象她的矮，不知道她声音怎么样？

问候大先生

去岁春，出差路过绍兴站，我发朋友圈问候大先生。文字如下：大先生，各乡各镇的闰土都奔大都市骆驼祥子去了。你走后，你很快就面目全非，"无声的中国"，如今喧嚣极了——在一个巨大的沉默之下，热闹着，喧嚣着，城里的与你交手的各派，除了被剿除的，捶闷的，都幸福地投降了，一伙伙肥头大耳，义正辞严。

谈劝善

中国的善书，劝善，一直是文教的大头。善，既然需要"劝"来，那么主流的心思一定就是"不善"或者不太善，不太容易听劝，否则不会如此一而再再而三地"劝"——为什么不善呢？一定是善人不太容易存活，天灾人祸多。所以，必须的"恶"反而是一种要"活下去"的意志。然而，善恶是伦理逻辑，不是人心寄托，在恶政牧民时，劝善的另一头就是酷法。人的坏处没变，所以古今劝善文大同小异。劝善时口若悬河，惩恶时如鸟兽散。中华的劝善文化造就乡愿。

因为一句话

邵燕祥在《顾准历史笔记》一书的封面页写了一句话："只因他的文字变成铅字，一代知识分子才挽回了集体荣誉。"也许是出版商自以为高明的"精辟总结"——他，指的就是顾准。我因此书瞅着此句，困惑了，一代知识分子的"集体名誉"怎么会、又怎么可以、且怎么好意思白纸黑字地说，仅靠顾准一人的"文字变成铅字"而挽回了呢？这种糊涂虫式的思维，也把一代人知识分子的万丈苦难说成是"一个人"或者"四个人"的作恶而导致的吧？

长衫的问题

我们尊重过知识吗？——我们没有尊重知识的传统，我们只有利用知识的传统，所谓"黄金屋""颜如玉""万般皆下品"，一直到"知识改变命运"。要么做"人上人"，要么"坐稳奴隶式"的苟活。咸亨酒店的主角是孔乙己吗？孔乙己身上只是长衫问题吗？如今的知识青年身上穿"长衫"了吗？事实上，反而是长衫"四分五裂"的时候：刷题不如刷脸——题不是长衫；靠学历不如靠人力——学历不是长衫；靠苦干不如靠钻营——苦干不是长衫；靠坦诚不如靠袒露——坦诚不是长衫。靠——你就是脱了长衫，也继续是孔乙己孔甲己孔丙己，一点没脾气。问题是不要哭哭啼啼唉声叹气，没出息。知识永远自带尊严，跟长衫、短裙、丁字裤等任何形式的衣裳，都没关系。

错认的感觉

1. 双子星座

"故人入我梦，明我长相忆。"杜甫写梦见李白的诗——天才之间不会生误会，戚戚焉；中国的语文教育会窄化对文学家的认识，"窄化"就是一种固化，譬如以"浪漫主义"定论李白，以"现实主义"总结杜甫——打脸的是，天才不受主义的约束，成熟的心魂从不遵守主义活着。李白怎么会是一个"浪漫主义"就可以说尽了呢？杜甫怎么会是一个"现实主义"就可以说尽了呢？李白沉郁顿挫起来更杜甫，杜甫清新飘逸起来也李白。

2. 另种误会

企图通过"李子柒"和"张同学"认识中国乡村社会，都是天大的误会。李是一种田园牧歌式的"想象"，没有蚊虫叮咬，只剩吃喝不愁岁月静好，淘洗中国的传统技艺，一次次复活，自然声画技术完美"传统的想象"也是一种精致的表演了，乡村社会远不是如此的"精雅"和"美幻"；张又是另一个极端，破败邋遢，一种闲汉式的自在苦乐，勾引眼下人们残破的记忆——眼球在，事实就在吗，流量多，就掌握话语权了吗，答案似乎是，答案又似乎不对。

3. 没有一劳永逸的"继承法"

"取其精华，去其糟粕"，是一句貌似正确的话，实是一句废话、空话，一句轻巧的漂亮话。这种"取去"的说法实际操作起来非常难，非常复杂，因为它不仅是一种文化观，里面掺杂了意识形态，掺杂了古今中外的历史维度（尤其是近代史思维）上的恩怨爱恨荣辱褒贬等等。我们要清楚获取所谓文化，它不像择烂菜叶或者从大盘鸡里把鸡屁股夹出去那么轻巧。所谓中华文化的"精华"，我们早已经吸收不了，也许会有新形式与年轻一代奇遇或误会；她的"糟粕"的部分，我们却仍然远没有新陈代谢干净——遗憾是："糟粕"的生命力是"精华"难以想象的。

4. 年味

遍地嗅找年味的人，是最不快乐的。"年"没变过——变的是人，曾经敏感嗅觉年味儿的你不是现在的你，况且当初的你在当初也不见得知道"年味儿"一事，你只是快乐，快乐着；如今，你的快乐已不在过年上，或者一到年关你的快乐在岁末消耗殆尽，没了。

恶就是恶

恶就是恶，不必然分"平庸"和"主导"。只不过"恶的运行"也是步骤式的，工序式的，甚至很"民主"的。面对难以相信的事实，面对发生的一切，你感受切肤之恐惧时，除了反思恶本身，即人性论的，譬如贪恋权力，人的懦弱、仇恨、偏见等，更要反思恶的运行，即体制论——譬如第三帝国是一架庞大的机器，而不只是一群坏人作恶而已。如今，我们之所以强调和放大"平庸的恶"，不是个体真的具体"做"恶了（事实，个体果然也在做着，且嘴脸具体极了难看极了悲哀极了），而是个体（尤其是被侮辱与被损害的个体）面对体制之恶时，无动于衷，干脆沉默——沉默就是眼睁睁看它运行着，我们的沉默就是它的动力——于是，我们的恶"平庸"了。巨大的灾难降临时，闪动的就是叠加的"平庸之恶"，它是权力之兽的土壤，是你我养肥了它，居然一些人劝你忍着——一些还没有被吞噬的人，郭德纲说得好：你死不死呀？！

语塞的沮丧

读《鲁迅全集》，尤其杂文卷，我的意思是：不要去深究。一篇篇看过去，留心一下每篇发表的时间和刊载的地方，就当自己身在民国，"今天"看见报章上一个笔名"鲁迅"的人写出的时评或短文。以"现在进行时"阅读鲁迅，大不一样。一般的杂文只是指指点点的，说三道四，最失态是声嘶力竭——鲁迅的杂文，时不时逗我发笑，除了辛辣、准、狠，带着幽默与轻巧，我感觉鲁迅不是"一味"的，譬如常说的"哀"或"怒"，而是"五味杂陈"的，胃口好时，吃起来爽口且营养丰富。自然，吃多了，也会"复忆"般痉挛，痉挛里不是疼痛，是语塞的沮丧感。一天，夜读鲁迅先生《华盖集》时，屋外开始起凉风，忽然想起纪伯伦的一句话："我们已走得太远，以至于我们忘了为什么而出发。"这句话被很多人引说，也没什么毛病，我只是觉得越引越无底气了，因为，我们做事的态度往往确是这样的：我们没走多远，就已经忘了为什么而出发。鲁迅先生说，知道了"不应该那么写"，这才会明白原来"应该这么写"的。所以我说，把自己拨进一条好路，即使坑坑洼洼，也是要结结实实走。另外，据说鲁迅见不得恶劣的事物，亲自设计他杂文集的封面。

动物世界

写诗的人和写小说的人是两种完全不同的文字动物——诗人是飞禽；小说家是爬兽。如果换成饮食角度，杂文家是食肉动物，写散文的人无论如何也得素食主义，哪怕是一会儿的素食主义，写起来会心安理得的。那么，诗人是不会挑食的，是恐惧死亡或者焦虑"不死"的空虚，吃什么都好像在吃最后一根稻草，但是忽然又可以绝食死去，这是文字意义上的——肉身上的生死，诗人又太讲究死法了。小说家也是不会挑食的，小说家的不挑食不是"怕死"，是太饿了，需要大量食物去消化代谢才养成丰厚的故事。查文学史上的所谓文豪，大都是多栖动物、杂食家，他们上天入地，穿林海，过山河，点石成金。以上都是多余的"注解"，无论写什么，我只记得一个人曾挣扎至天亮，也还是完全没有收获，灵感是不陪人熬夜的。另外，我越来越喜欢飞鸟，因为我不是飞鸟；我越来越厌恶困兽，因为我就是困兽。

在左旗的晚上

壬寅初春，我因公差赴内蒙古自治区阿拉善左旗。七天里，自然壮丽美食丰，吃饱喝足，眼睛也乖顺了，我的耳朵却精神起来——因为此地太安静了，在沿途、在驻地，无论白天黑夜，户外竟日风沙，却觉得格外静，人静了心思就变细，第一次觉得"静"也是音符之一种——音乐会上，歌声骤止或演奏甫停时，耳朵才格外充实。在左旗的晚上，一种置身世外感油然而生。大地是慈悲的，但人类必须"敬""顺"。如果大地是神庙，"一切的物质"都是我们一直在索取；那么，敬畏之心——就是我们求告的"香火"。起初呀，人类走出非洲，生龙活虎般筚路蓝缕，没有迁徙不是伟大的，没有生命没有迁徙过，"人"在地球史上摇起来了——如今，我们精神土壤的一大部分又退化为"非洲感"——此次，仍会走出去吗？在左旗的晚上，在篝火上挂起走湿的衣裳。